실명무사

김문형 新무협 판타지 소설

FANTASTIC ORIENTAL HEROES

실명무사 12

김문형 新무협 판타지 소설

초판 1쇄 찍은 날 § 2020년 2월 11일
초판 1쇄 펴낸 날 § 2020년 2월 18일

지은이 § 김문형
펴낸이 § 서경석

총괄팀장 § 노종아
편집책임 § 신나라

펴낸곳 § 도서출판 청어람
등록번호 § 제387-1999-000006호
등록일자 § 1999. 5. 31
어람번호 § 제2-2828호

주소 § 경기도 부천시 부일로 483번길 40 서경B/D 3F (우) 14640
전화 § 032-656-4452 팩스 § 032-656-4453
http://www.chungeoram.com
E-mail § chungeorambook@daum.net

ⓒ 김문형, 2019

ISBN 979-11-04-92130-8 04810
ISBN 979-11-04-91975-6 (세트)

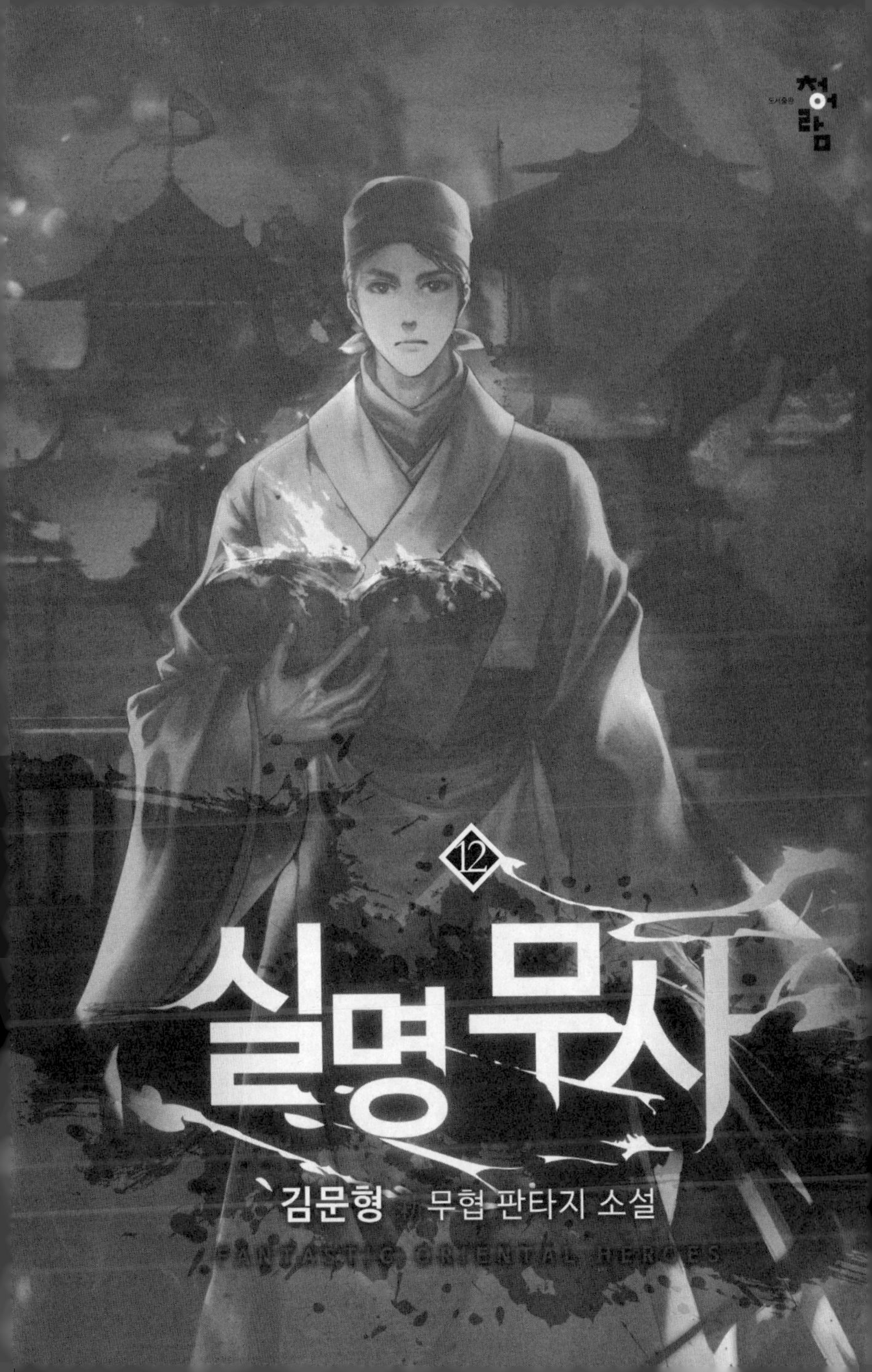
도서출판 청어람
12
실명무사
김문형 무협 판타지 소설
FANTASTIC ORIENTAL HEROES

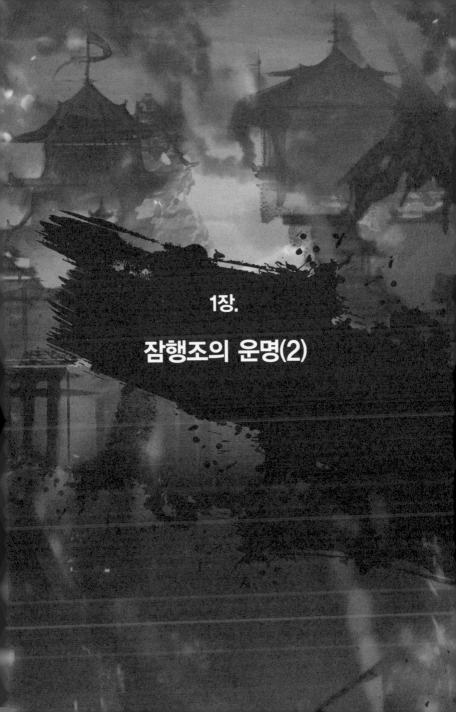

1장.

잠행조의 운명(2)

삼 조 일행은 건물 모퉁이에 숨어서 팔 층 전각의 동태를
살폈다.

지하 황궁은 일 조와 이 조를 추격하는 망자 떼의 소동으
로 시끄러웠다. 하지만 팔 층 전각은 바늘 떨어지는 소리도 들
릴 만큼 적막했다.

모든 망자가 이 조를 좇아서 떠나버린 팔 층 전각.

삼 조에게는 천운이나 다름없었다.

송연화가 나직하게 말했다.

"망자들에게 들키지 않았어요. 성공이에요."

무명이 고개를 끄덕인 다음 명령을 내렸다.

"정영, 송연화, 선두를 맡으시오. 임윤은 편복선생을 도우시오."

팔 층 전각은 망자들이 어디에 숨어 있다가 튀어나올지 알 수 없는 곳이다. 무공을 모르는 편복선생 옆에 서로 죽이 잘 맞는 임윤을 붙여놓는 편이 훨씬 안전하리라.

편복선생이 임윤을 보며 말했다.

"이마에 부적을 붙이고 잠이라도 잘까?"

"그냥 내 뒤에서 따라와라."

그때 정체 모를 일성(一聲)이 지하 황궁의 거리를 휩쓸고 지나갔다.

쩌러러렁!

이강이 양미간을 찡그리며 말했다.

"소림 땡초 놈의 사자후군."

그 말을 들은 무명이 일행을 보며 말했다.

"잠시 상황을 보고 오겠소."

이어서 그는 옆에 있는 건물로 뛰어올랐다. 지붕 위에 올라오자 지하 황궁의 상황을 한눈에 알아볼 수 있었다.

지하 황궁의 거리가 끝나는 곳에서 일 조가 급히 피신하는 중이었다. 지붕 위에서는 방금 사자후를 내지른 소림 방장이 망자들을 쓰러뜨리며 일 조의 뒤를 따라갔다.

또한 일 조와 멀리 떨어진 곳에서는 막 이 조가 동혈 속으로 들어가고 있었다.

무명은 그제야 삼 조가 왜 손쉽게 팔 층 전각에 도달했는지 깨달았다.

소림 방장을 포함한 다른 조가 망자 떼를 유인해 준 덕분.

동혈의 위치로 볼 때 일 조는 불가의 방으로 향하리라 짐작되었다. 이 조가 가는 쪽은 잔도가 가까웠다.

불가의 방으로 가는 길은 동혈이 미로처럼 얽혀 있다. 하지만 길만 제대로 찾으면 오히려 탈출이 용이하다.

반면 잔도는 가는 곳곳마다 망자 떼와 마주칠 가능성이 높다.

길고 복잡하지만 쉬운 길을 택한 일 조.

짧지만 어려운 길을 택한 이 조.

무명은 그들에게 복운을 빌어준 뒤 몸을 날려 밑으로 뛰어내렸다. 그리고 일행에게 간략하게 상황을 설명했다.

정영이 말했다.

"삼 조가 무사히 잠행한 것은 다른 조의 희생 덕분이었소."

그러자 송연화도 한마디 덧붙였다.

"맞아. 하지만 그게 그들의 임무야. 자신을 희생해서 무림맹의 작전을 성공시키는 것."

그녀의 말은 듣기에 따라 냉정하다고 여길 수 있었다. 하지만 정영은 별생각이 없는지 고개를 끄덕였다.

"서두르죠. 우리 작전은 여기가 아니라 지상에서 펼쳐야 하니까."

송연화와 정영이 앞장을 서자 삼 조는 한 명씩 뒤를 따라 팔 층 전각으로 들어갔다.

막 전각으로 들어가기 전에 무명은 무심코 뒤를 돌아봤다.

괜찮을까? 아무래도 잔도를 택한 이 조가 걱정되었다.

잔도는 처음 잠행을 시작할 때는 최적의 진입로였으나, 명령자들이 잠행조의 존재를 파악한 이상 가장 위험한 탈출로로 바뀌었다.

만약 좁은 동혈 속에서 앞뒤로 망자들에게 포위되는 날은……

그때 이강이 생각을 읽고 말했다.

"이 조 걱정은 하지 마라."

"어차피 당신은 아무도 걱정하지 않겠지."

"후후후, 그런 얘기가 아니다."

무명이 독설을 날렸지만 이강은 뜻밖에도 웃어넘기면서 대답했다.

"소림 방장을 제외하면 무림의 최고고수가 이 조에 있으니까."

동혈 속의 어둠에서 망자 다섯 명이 한꺼번에 쏟아져 나왔다.

키에에엑!

순간 검광이 상하좌우로 수차례 번쩍였다.

스팟! 촤아아악!

망자 다섯 명의 목이 순식간에 몸과 작별을 고하며 공중에 떠올랐다. 목뿐 아니라 마구 휘젓던 손목들도 몇 개가 바닥에 떨어졌다. 투두둑.

마치 지팡이로 파리 죽이듯 가볍게 검을 놀려서 망자를 처치한 자.

그 고수는 아미파의 정결사태였다.

이 조는 당호의 길 안내에 따라 동혈 속을 돌파하고 있었다. 하지만 지하 황궁부터 쫓아온 망자 떼는 떨어질 줄을 몰랐다. 때문에 당문삼독이 후미를 맡아서 망자들을 처치했고 선두는 정결사태가 맡고 있었다.

아미파의 고검(古劍)이 검광을 번쩍일 때마다 망자들 두서넛이 목을 잃고 쓰러졌다.

그나마 동혈이 비좁은 것이 다행이었다.

만약 넓은 광장이었다면 이 조는 벌써 수백 명이 넘는 망자 떼에게 포위되었으리라. 하지만 동혈이 일자로 뻗어 있어서 망자들이 한꺼번에 덤비는 것은 불가능했다.

그리고 좁은 동혈에서 당문삼독의 독공이 더욱 위력을 발휘했다.

소극상과 당백기가 빠르게 뒷걸음질 치며 은색 수투를 낀 손으로 단혼사를 뿌렸다.

스스스스.

동혈 속에 검붉은 안개가 피어올랐다.

동시에 독무 속을 통과한 망자들이 살점이 녹고 뼈가 타들어갔다.

키에에엑!

좁은 동혈 속을 가득 채운 독무. 망자들은 피할 방법도 없이 단혼사를 뒤집어쓴 채 하나씩 바닥에 쓰러졌다.

하지만 망자의 수가 많아도 너무 많았다.

단혼사 독무가 바닥으로 가라앉자 망자들이 또다시 꾸역꾸역 몰려왔다.

살갗이 녹고 타들어갔지만 그들은 끄떡도 하지 않았다. 애초에 이미 죽은 시체가 아닌가? 살이 썩고 있던 시체이니만큼 독무를 정통으로 뒤집어써서 목이 녹아버리지 않는 이상 계속 움직였던 것이다.

당백기가 질렸다는 듯이 말했다.

"해골이 되어서도 쫓아오겠군요."

"그때는 다시 독을 쓰면 그만이지."

소극상의 말은 여전히 냉랭했지만 그 역시 말투에 당황한 기색이 어려 있었다.

"신경 쓰지 마라."

당청이 둘의 사기를 북돋아주며 말했다.

"구륜사 결전 때는 이보다 더했지 않느냐? 죽은 시체 따위, 쓸어버리면 그만이다."

그녀는 말을 하면서도 쉬지 않고 금룡편을 휘둘렀는데, 검날이 박힌 채찍이 한차례 허공을 훑고 돌아올 때마다 망자들의 목 한둘이 베어져서 떨어지는 것이었다.

고강한 검법으로 선두의 길을 뚫는 정결사태.

엄청난 독공을 퍼부어서 후미를 쫓는 망자 떼를 몰살시키는 당문삼독.

이 조는 빠르지는 않지만 조금씩 동혈 속을 돌파하는 데 성공하고 있었다.

정결사태가 후미를 돌아보며 말했다.

"대단하군. 다수를 상대하는 전투에서 당문을 따라갈 문파는 몇 없겠소."

그러다가 고개를 저으며 덧붙였다.

"아니, 당문이 최고일지 모르겠군."

"고맙소, 사태."

당청이 망자들을 처치하는 와중에도 여유를 잃지 않고 대답했다.

"하지만 당문은 일대일 대결에서도 최고요."

"그 말은 쉽게 인정할 수 없소만? 당문은 검을 안 쓰지 않소?"

정결사태의 말속에 검법만큼은 아미파가 최고라는 뜻이 담겨 있었다. 당청이 씨익 웃으며 말했다.

"아미파는 암기를 안 쓰지 않소?"

"그렇군. 이 생지옥을 나가면 누구 문파가 최고인지 한번 비무를 하는 건 어떻소?"

"받아들이겠소. 비무, 좋지."

자존심을 지키면서도 서로를 존중하는 뜻이 담긴 두 고수의 대화.

그때 동혈이 끝나고 작은 공터가 나왔다.

공터 역시 천장이 돌벽으로 막힌 것은 똑같았다. 하지만 비좁은 동혈을 나와서 공터에 서자 일행은 숨통이 트이는 기분이었다.

공터 맞은편에는 갈림길이 몇 개 나 있었다.

당청이 당호에게 물었다.

"어느 길이냐?"

당호가 잠시 기억을 되짚어본 뒤 그중 하나의 동혈을 가리켰다.

"저깁니다."

그리고 앞장서서 동혈 속으로 들어가려고 할 때였다.

"잠깐. 멈춰라."

당청이 손을 들어 당호를 막았다.

"뭔가 이상하군."

그녀가 눈을 가늘게 뜨며 동혈 속을 주시했다. 당호도 무슨 뜻인지 금세 알아차렸다.

"망자의 기척이 전혀 없군요."

"그래."

둘의 대화를 들은 일행도 궁금한 눈으로 동혈 속을 살폈다.

아무리 검을 쓰고 독을 뿌려도 끝도 없이 몰려오던 망자떼. 그런데 어느 순간부터 갑자기 망자들의 모습이 보이지 않는 것이었다.

당호가 가리킨 동혈뿐만 아니라 후미도 마찬가지였다.

진땀을 흘리며 단혼사를 뿌리던 소극상과 당백기도 손을 멈춘 지 오래였다.

"이상하군요, 누님. 이쪽도 망자들이 어디로 갔는지 사라졌습니다."

"명령자가 망자들을 조종했을 수도 있어요."

당호가 앞으로 나서며 말했다.

"이전 잠행에도 이런 적이 있었습니다. 망자들의 기척이 없을 때면 명령자가 흉계를 꾸미고 있었죠."

"상관없다. 무슨 꿍꿍이속이든 꺾어주면 그만이다."

당청이 냉소를 흘리며 말했다.

그때 어디선가 정체 모를 소리가 울려 퍼졌다.

끼기기기긱…….

소리는 귀청을 찌를 만큼 날카로운 동시에 묵직하기까지 했다.

당청이 공터 곳곳을 재빨리 살피며 말했다.

"암기냐?"

"암기는 아닙니다. 암기를 발사하는 기관장치는 지금까지 없었어요."

"그럼 뭐지?"

"그게……."

당호는 바로 대답하지 못하고 말을 흐렸다.

그러다가 무슨 생각이 떠올랐는지 고개를 번쩍 들었다.

"혹시 미궁을 만드는 기관진식의 장치일지 모릅니다."

"미궁이라고?"

당청이 고개를 갸웃거렸다.

"지금까지 일직선으로 동혈을 돌파했지 않냐? 미궁에서 헤 맸을 리가 없다."

"그 말씀은 맞습니다. 한데 지금 들린 소리는 분명 그때 들 었던 것입니다."

당호가 이전 잠행에서 있었던 일을 설명했다.

그때 잠행조가 동혈을 지나치자 바닥이 뚜껑처럼 위로 붙 어서 천장이 되면서 새로운 길을 만들었다. 때문에 잠행조는 같은 길을 빙빙 돌게 되었다는 얘기였다.

무명은 기관진식의 장치가 바닥에 있을 거라고 말했다. 일 행이 발로 밟고 지나가면서 기관장치가 발동되었을 거라는 게 그의 설명이었다.

당시 당호는 미처 깨닫지 못했으나 나중에 생각하니 지금

같은 기계음을 들은 기억이 떠올랐던 것이다.

"미궁을 만드는 기관진식이라, 재미있군."

당청이 냉소하며 말했다.

"하지만 이 공터에서 무슨 미궁을 만든다고?"

"그건 그렇습니다만……."

당호도 선뜻 대답하지 못했다.

미궁의 존재는 침입자를 한자리에서 빙빙 돌게 만들어 길을 잃도록 하는 것이다.

그러나 이 조는 당청의 말대로 일직선으로 달려오지 않았는가?

"호랑이 굴에 들어가야 호랑이를 잡는 법."

당청이 금룡편을 한 번 허공에 휘두르며 말했다.

"함정이든 아니든 상관없다. 길을 안내해라."

"예."

당호가 고개를 조아린 뒤 앞으로 나갔다.

그런데 아무래도 찜찜한 게 마음에 걸렸다. 분명 망자들은 흉계를 꾸미고 있으리라. 과연 그게 무엇일까?

당호는 생각했다. 무명이라면 어떻게 했을까? 그러면 기관진식의 기계음이 들린 이유를 순식간에 알아차리고 잠행조에 명령을 내렸을 것이다.

갑자기 기계음이 들린 까닭은…….

순간 당호가 고개를 번쩍 치켜들었다.

"큰일 났습니다!"

"무엇이냐?"

당호가 고개를 돌리며 육안룡의 빛줄기로 공터의 천장을 훑었다.

"저깁니다!"

일행이 당호가 검지로 가리키는 곳으로 시선을 돌렸다.

더 이상 당호의 설명은 필요 없었다. 천장의 돌벽에는 기다랗게 틈새가 나 있었는데, 일행이 보는 중에도 점점 틈새가 벌어지고 있었던 것이다.

끼기기기긱……

미궁을 만들려면 침입자가 지나간 뒤에 기관장치를 작동해서 길을 막아야 한다. 그런데 이 조 일행에게 들키든 말든 기계음이 울린 이유는?

당호가 소리쳤다.

"망자들이 지름길로 돌아서 공터로 온 거예요!"

순간 기다란 틈이 짐승이 턱주가리를 벌리는 것처럼 크게 벌어졌다.

덜컥!

아무것도 없던 천장에서 돌벽 문이 열리며 커다란 구멍이 뻥 뚫렸다. 그리고 잠시 들리지 않던 괴성이 다시 시작됐다. 키에에엑!

비좁은 동혈이란 지리적 이점을 십분 살리며 도주하던

이 조.

그러나 망자들을 조종하는 명령자는 어리석지 않았다. 그는 망자들을 천장으로 이어지는 통로로 가도록 조종한 뒤 이 조가 공터에 도착하기를 기다렸던 것이다.

구멍에서 수백 명이 넘는 망자들이 공터를 향해 떨어졌다.

우르르르르!

끼기기긱… 덜컹!

귀청을 찌르는 굉음과 함께 천장에서 문이 아래로 벌컥 내려왔다. 이어서 천장 길을 통해 이 조 일행을 앞질러 온 망자들이 공터로 떨어졌다.

그때 하필 문이 열리는 틈새 바로 아래에 당호가 서 있었다.

그의 머리 위로 망자 떼가 폭포수처럼 쏟아졌다.

"크윽!"

당호가 바닥을 차며 뒤로 몸을 날렸다.

하지만 망자의 숫자가 너무 많았다. 수십 명의 망자들이 둥글게 솟아오른 무덤처럼 그의 머리 위로 쏟아졌다.

졸지에 망자들에게 파묻혀 버린 당호.

순간 그의 몸이 빠르게 뒤쪽으로 날아갔다. 망자들에게 파묻히려는 찰나, 당청이 당호의 뒷덜미를 낚아채서 몸을 날렸던 것이다.

덕분에 당호는 간신히 몸을 뺄 수 있었다.

실로 전광석화 같은 신법. 아니, 신법보다 당청의 빠른 판단이 당호의 목숨을 구했다. 아무리 신법이 귀신같더라도 찰나만 멈칫거렸다면 그 어떤 절정고수도 당호를 구해내지 못했으리라.

당호의 위기를 멍하니 보고 있다가 그제야 정신이 든 장청이 감탄하며 말했다.

"당호, 괜찮냐? 감사합니다."

당청이 냉랭한 미소를 던지며 대답했다.

"인사는 필요 없다. 이 녀석과 나는 같은 당문이니까."

키에에에엑!

그러는 와중에도 천장에서는 꾸역꾸역 망자들이 몰려 내려왔다. 공터는 순식간에 망자 떼로 발 디딜 틈이 없어졌다.

당청이 명령했다.

"모두 빨리!"

이 조 일행은 당호가 가리켰던 동혈로 한 명씩 피신했다.

당백기가 동혈로 들어가며 말했다.

"누님도 얼른 오십시오!"

"먼저 가라. 나는 할 일이 있다."

당백기와 소극상까지 동혈 속으로 들어가자 당청은 공터를 향해 몸을 돌렸다. 그리고 덤벼드는 망자 떼를 정면으로 상대하며 외쳤다.

"명령자? 네놈이 망자의 눈을 통해서 나를 보고 있다면 똑똑히 봐라!"

당청이 품에 두 손을 집어넣었다가 다시 빼자 손에는 은색 강침이 한 움큼씩 쥐어 있었다.

"받아랏!"

그녀가 양팔을 좌우로 활짝 펼쳤다가 앞으로 휘둘렀다.

수백 개가 넘는 강침이 달려드는 망자 떼를 향해 폭사되었다. 쏴아아악!

투투투투투투!

강침 폭풍이 망자들을 말 그대로 휩쓸었다. 머리나 몸통에 강침을 맞은 망자들은 강침에 실린 힘을 견디지 못하고 바닥에 나뒹굴었고, 팔다리에 맞은 망자들은 춤을 추듯 사지를 펄렁거렸다.

강침 폭풍의 여파는 그것으로 끝이 아니었다. 망자 몸속의 뼈에 박힌 강침들은 그나마 망자 하나를 쓰러뜨렸을 뿐이나, 다른 강침들은 오장육부를 통째로 꿰뚫은 다음 뒤에 있는 망자들에 가서 박혔던 것이다.

꾸웨에에엑!

전신이 순식간에 걸레처럼 뜯겨 나가자 고통을 느끼지 못하는 망자마저 비명을 토했다.

수십 명의 망자들을 꿈틀거리는 살덩이로 만든 당청의 수법.

바로 사천당문의 비전절기인 만천화우(滿天花雨)였다.

계속해서 당청은 앞으로 내지른 두 손을 멈추지 않고 기세를 살려서 다시 품에 넣었다. 그리고 이번에는 품에서 손을 빼내는 것과 동시에 강침을 날렸다.

쏴아아악!

강침 폭풍이 연타.

당청에게 달려들던 망자들은 사람 형체를 남기지 않고 쓸려 나갔다. 수십 명이 넘는 망자들의 몸뚱이와 사지가 통나무처럼 바닥을 뒹굴자 일시적으로 길이 막혀서 망자들은 쉽게 그녀에게 다가갈 수 없었다.

송장 더미에서 버둥거리는 망자들을 보며 당청이 말했다.

"이래도 당문이 우스우냐? 못마땅하면 직접 내 앞에 나오시든지, 아하하하하!"

그녀는 냉소를 날린 뒤 몸을 돌려 동혈로 들어갔다.

그런데 강침 폭풍을 정면으로 맞아서 목이 몸통과 떨어진 망자가 있었다.

망자의 목이 데굴데굴 구르다가 멈춘 곳이 하필 당청의 발밑이었다. 팔 층 전각에서 핏물을 뒤집어쓴 당청. 피 냄새를 맡은 망자의 목이 턱을 쩍 벌려서 그녀의 발목을 물었다.

콰득!

망자의 이빨이 살을 뚫고 뼈에 닿았다.

"아아악!"

당청이 다른 발을 들어서 망자의 목을 찼다. 하지만 망자의 목은 사냥 덫처럼 더욱 강하게 턱을 다물었다. 콰드드득.

당청은 아예 발을 높이 치켜든 다음 발꿈치로 망자의 턱을 내리찍었다. 망자의 턱이 박살 났다.

와직! 그제야 망자의 턱이 덜렁거리며 벌어졌고 당청은 이빨에서 발을 빼낼 수 있었다.

당청의 발목에서 붉은 피가 줄줄 흘러내렸다.

팔 층 전각에서 뒤집어쓴 피가 아니라 이제 그녀 자신의 피였다.

"빌어먹을!"

당청은 발을 절뚝거리면서 동혈을 달렸다.

이 조 일행은 이미 동혈 깊숙이 들어간 터라 후미가 보이지 않았다. 한쪽 발이 불편하자 걸음이 느려졌고 당청과 일행의 거리는 점점 떨어졌다.

어느새 공터에서 망자들이 당청을 추격해 왔다.

키에에엑!

발목을 물려서 잠시 당황한 당청은 적을 만나자 오히려 여유를 되찾았다.

"늦었구나! 얼른들 오너라!"

그녀가 두 손을 겨냥하고 소매 속에서 폭우이화정을 발사했다.

티티티티팅!

꾸웨에엑…….

철심 세례를 받은 망자 셋이 고슴도치 모습이 되며 쓰러졌다.

정결사태의 말대로 당문의 독공과 암기는 다수 상대 전투에서 강호제일이었다.

그러나 독과 암기를 아무리 쏟아부어도 쉴 새 없이 덮치는 망자 떼에는 당문의 여걸마저 침을 삼킬 수밖에 없었다.

한 명을 쓰러뜨리면 족히 열 명이 추가되는 꼴이었으니……

망자 하나가 달려들자 당청이 팔을 돌려 폭우이화정을 발사했다.

티티팅…….

하지만 철심이 몇 발 나가지 못하고 멈췄다. 어느새 철심이 바닥나 버린 것. 그녀는 몸을 돌리며 금룡편을 휘둘렀다.

촤아악! 금룡편이 망자의 목을 휘감은 뒤 칼날로 베어서 공중에 띄웠다.

"다른 때보다 세 배의 암기를 준비했는데 내 생각이 틀렸군."

그녀의 얼굴에 싸늘한 미소가 감돌았다.

"다음에는 열 배를 준비하지."

또다시 세 명의 망자가 덤벼들었다. 당청은 뒷걸음질 치면서 금룡편을 휘둘러 그들을 상대했다.

그때 돌벽에 난 요철을 짚고 천장을 기어 온 망자가 그녀의 머리 위로 뛰어들었다.

키에에엑!

당청은 반사적으로 팔을 돌렸으나 폭우이화정의 철심이 바닥났다는 것을 깨달았다.

게다가 금룡편은 눈앞의 망자들을 향해 막 휘두른 상태.

망자가 두 팔을 벌려 당청의 얼굴을 붙잡더니 입을 쩍 벌리고 목을 물어뜯었다. 순간 망자의 머리가 뒤로 확 젖혀졌다.

팍!

망자의 이마에 정통으로 박혀서 부르르 떨리는 쇠화살.

소극상이 동혈을 되돌아와서 지주사전을 발사해 당청을 구한 것이었다. 그는 당청의 전신을 훑다가 발목에서 피가 흐르는 것을 발견하고 흠칫했다.

'절대 망자에게 물리지 마라. 망자에게 물려서 혈선충에 감염되면 같은 망자로 변하니까.'

잠행 전의 회동에서 제갈성이 단단히 주의를 주었던 말.

하지만 남편이 불안한 눈빛을 보이는데도 당청은 아무렇지 않게 말했다.

"왜 이렇게 늦었소?"

"…미안하오. 방해꾼들이 꽤 많아서."

"당문 사람은 시간 엄수가 철칙이오."

"명심하지."

소극상이 당청의 팔을 목에 둘러서 그녀를 부축했다. 둘은 서로 눈빛을 한 번 교환한 다음 동혈 속을 달리기 시작했다.

　삼 조는 팔 층 전각으로 잠입했다.

　그런데 전각에 발을 들이는 순간 콧속이 아플 정도로 피 냄새가 진동을 했다.

　또한 바닥에 군데군데 피 웅덩이가 고여 있는 것은 물론, 천장과 벽의 나무 틈새로 핏물이 새어 나와 뚝뚝 떨어지고 있었다.

　송연화이 기가 막히다는 듯이 말했다.

　"대체 이 핏물은 다 뭐죠?"

　"…망자 놈들이 수작을 부렸군."

　이강이 양미간을 구기며 말했다.

　"전각 꼭대기에 수조를 만들어서 핏물을 채워놓았을 거다. 이 조 놈들이 들어오자 기관장치로 수조를 폭파한 것 같다."

　그는 눈은 안 보이지만 피 냄새를 맡고 일행의 생각을 읽어서 누구보다 빨리 상황을 짐작한 것이었다.

　삼 조 일행은 이강의 말에 아연실색했다.

　그의 말은 추측에 불과했으나 부인하기 힘들었다. 이 조가 왜 전신에 핏물을 뒤집어쓰고 망자들에게 쫓겨야 했는지 정확히 설명하고 있지 않은가?

　일행은 이강의 빠른 두뇌 회전에 감탄했다.

　하지만 그것도 잠시.

"핏물을 뒤집어쓴 채 도망쳤으니 망자들이 죄다 쫓아갈 수밖에. 이 조 놈들이 이번 작전의 최고 수훈 갑이군, 후후후."

이 조를 비웃으며 킬킬대는 이강은 천상 악인이었다.

무명이 명을 내렸다.

"이동합시다."

영을 유지한 채 한 걸음씩 복도를 걷기 시작했다.

그들은 각자 검, 단창, 사슬낫을 들고 어둠 속을 살폈다. 망자들이 모두 이 조를 쫓아갔다고 하지만 혹시 전각에 남아 있는 자들이 언제 튀어나올지 몰랐다.

계단에 도착하자 무명이 편복선생에게 말했다.

"박쥐를 보내시오."

"충분한 휴식을 취했으니 일호가 다시 출격할 때가 됐군."

먼저 동혈을 정찰하고 돌아왔던 박쥐.

편복선생이 이상야릇한 주문을 읊자 박쥐가 그의 품에서 나와 파닥파닥 날갯짓을 했다. 그리고 계단 위쪽으로 날아갔다.

편복선생이 박쥐가 본 것을 말했다.

"피 냄새가 진동하는군. 하지만 망자는 보이지 않네."

망자가 없다는 말에 무명이 고갯짓으로 신호를 했다.

일행은 한 명씩 계단을 올라갔다.

"방들이 죄다 문이 열려 있군. 어쨌든 망자는 없네."

이 조가 핏물을 뒤집어쓰자 방에 숨어 있던 망자들이 몽땅 튀어나왔으리라.

계속해서 삼 조는 복도를 돌고 계단을 오르기를 반복했다. 하지만 편복선생이 정찰한 대로 망자는 보이지 않았다.

그때 편복선생이 걸음을 멈췄다.

"잠깐 기다리게."

박쥐를 통해 정체불명의 물체를 본 편복선생이 고개를 갸웃거렸다.

"이상하군. 천장에 무언가 시커먼 게 거꾸로 매달려 있는데… 아아악!"

순간 편복선생이 발작하며 비명을 질렀다.

임윤이 얼른 달려들어 부축했다. 하지만 그는 두 손으로 목을 움켜쥐더니 눈을 까뒤집으며 혼절하는 것이었다.

"선생! 정신 차리라고, 선생!"

임윤이 편복선생의 뺨을 때리려고 하자 무명이 손을 들어 막았다.

"잠시 그냥 쉬게 놔두시오."

"왜냐?"

"망자가 박쥐의 목을 베었을 것이오. 충격을 받았지만 시간이 지나면 정신을 차리지 않을까 싶소."

"그렇군……."

무명의 추측에 임윤도 수긍하며 고개를 끄덕였다.

박쥐와 혼백이 연결된 편복선생.

그가 목을 쥐며 혼절한 까닭은 박쥐의 목이 떨어져서 고통을 느꼈기 때문이리라. 먼저 폭뢰가 터질 때도 편복선생은 귀를 막으며 고통스러워했으나 몸에 부상을 입은 것은 아니었다.

송연화가 의아한 눈으로 말했다.

"박쥐는 일류고수도 일검에 베기 힘들어요. 하물며 목을 베었다니……."

그녀의 말이 일리가 있었다.

박쥐는 날아다니는 궤적이 새와 다르다. 곡선을 그리며 흐느적거리기 때문에 어디로 날아갈지 방향을 예측하기 힘든 것은 물론, 의외로 속도가 빨라 눈으로 좇는 것이 쉽지 않다.

또한 박쥐의 예민한 청각은 날아오는 화살도 피한다는 얘기까지 있었다.

그렇다면 새로운 의문이 생겼다.

대체 어떤 망자가 그런 박쥐의 목을 베었다는 말인가?

그때였다.

계단 위에서 시커먼 그림자가 길게 아래를 향해 드리웠다.

임윤이 싸늘한 목소리로 말했다.

"놈이 왔군."

그림자의 주인이 편복선생의 박쥐를 벤 망자이리라.

그런데 그림자의 발소리가 전혀 들리지 않았다. 곧 그림자가 계단에서 내려와 모습을 보이는 순간 일행은 경악하고 말왔다.

"쥐새끼들이 팔 층 전각에 숨어들었군."

"······!"

망자의 정체는 시황을 지키는 호법 중 한 명인 광명좌사였다.

문제는 그가 박쥐처럼 거꾸로 매달린 채 천장을 걸어서 내려오고 있다는 것이었다. 경신법의 최고 경지라는 허공답보를 능가하는 장면.

광명좌사가 두 손을 합장하며 주문을 외웠다.

"만련천하, 시황영생. 만련천하, 시황영생······."

그의 얼굴이 핏물을 뒤집어쓴 것처럼 시뻘겋게 달아올랐다. 일정 시간 동안 내공을 몇 배 이상 끌어올리는 광명좌사 특유의 수법.

"이곳을 나가고 싶으냐? 그럼 목을 내놓고 가라, 크하하하!"

획!

광명좌사가 삼 조를 향해 몸을 날렸다.

삼 조 일행을 앞지른 뒤 팔 층 전각에서 기다리고 있던 광명좌사.

그가 검을 꼬나든 채 천장을 바닥처럼 뛰어왔다.

타타타탓!

"목을 내놓으면 여기서 나가도록 허락해 주마!"

획!

그가 공중에서 몸을 뒤집으며 송연화를 덮쳤다.

송연화의 신법 또한 무림맹에서 둘째간다면 서러워할 수준. 그녀가 광명좌사의 움직임에 대항해서 곤륜파의 운룡대팔식을 펼치며 검을 뺐었다.

그러나 송연화가 모르는 사실이 있었다.

광명좌사의 신법 속도는 절정고수 수준을 넘어섰다는 것.

스스스스.

"뭐, 뭐야?"

송연화의 눈에 광명좌사의 잔상이 셋으로 나누어진 것처럼 보였다.

순간 어느새 등 뒤의 사각을 파고든 광명좌사가 빠르게 검을 휘둘렀다. 송연화가 반사적으로 검을 들어서 막는 찰나, 광명좌사의 검이 그녀의 검을 종이 자르듯 양단해 버렸다.

썩!

광명좌사의 검이 송연화의 목으로 날아들었다.

그때 옆에서 한 줄기 검광이 날아와 광명좌사의 검을 때리는 것이 아닌가?

까앙! 절체절명의 위기에서 송연화를 구해낸 것은 정영이 내지른 척사검이었다.

계속해서 정영은 몸을 날린 기세로 세 번 검을 찔렀다. 파파팟!

하지만 광명좌사는 정영의 삼초식을 피하기는커녕 오히려

검망을 향해 돌진했다.

타타탓! 그의 쾌속한 신법이 세 번의 검광을 아슬아슬하게 피했다. 이어서 광명좌사가 검을 뻗어 정영의 인중을 찔렀다.

순간 광명좌사의 검이 무언가에 막히며 검로가 바뀌었다.

끼기기깅!

귀청이 떨어질 것 같은 날카로운 금속음.

이번에 광명좌사의 검을 막은 것은 임윤의 단창이었다. 톱날처럼 날이 휘어진 단창과 검이 부딪치자 귀가 아플 만큼의 마찰음이 터졌던 것이다.

"하앗!"

송연화가 부러진 검을 광명좌사에게 날렸지만 그는 고개를 돌려 가볍게 피했다.

계속해서 그녀는 몸을 날리며 쌍장을 휘둘렀다.

츠츠츠츠! 마치 날개를 펄럭이며 하늘을 나는 두 마리의 학 같은 쌍장. 곤륜파 비전무공인 운학장(雲鶴掌)의 수법.

동시에 정영과 임윤도 양옆에서 척사검과 단창을 찔렀다.

강호의 세 고수가 합공을 펼치자 광명좌사도 더는 쉽게 피하지 못했다.

그가 양미간을 심하게 구기며 뒤로 몸을 날렸다. 탓! 간신히 합공을 피한 그는 먼저처럼 천장에 두 발을 붙이고 섰다.

"하나를 상대로 셋이 덤빈다고? 명문정파 놈들이 비겁하군."

광명좌사가 비아냥대자 임윤이 받아쳤다.

"쪽수가 무슨 상관이냐? 싸움은 일단 이기고 보는 법이지."

"그 말 한번 잘했다, 크흐흐."

무슨 까닭인지 수세에 몰린 광명좌사가 웃음을 흘렸다.

아니나 다를까, 아래층에서 망자들의 괴성이 들리기 시작했다.

키이이익!

망자들이 계단을 올라와 삼 조의 뒤를 막았다. 그런데 망자들을 이끌고 온 명령자가 따로 있었다.

"드디어 찾았군, 환관 놈! 네놈은 이 지하에서 절대 나가지 못한다."

그는 망자가 된 무당파 청일이었다.

삼 조의 기척을 찾아서 동혈을 헤매던 청일은 망자 궁녀들을 이끌고 지하 황궁으로 향한 뒤 결국 삼 조의 발목을 붙잡는 데 성공한 것이었다.

송연화가 말했다.

"청일! 당신은 무당파의 제자이며 금위군 총대장이란 사실을 잊었나요? 저자를 처치하고 우리가 밖으로 나가도록 도와줘요!"

정혜귀비의 궁녀를 가장해서 황궁에 세작으로 있던 그녀는 청일과 안면이 있는 듯했다.

청일이 썩어 들어가는 얼굴을 비틀면서 대답했다.

"나는 쫓겨난 몸이다. 금위군 총대장은 따로 임명했을 텐데? 아마 청성 사형이겠지?"

"그건 그렇지만……."

"또한 무당파도 나를 이미 죽은 것으로 하고 있을 텐데?"

"……."

"네년과는 인연이 있으니 사정을 봐주겠다. 단, 저 환관 놈은 내게 넘겨라."

오른손이 없는 청일이 왼손으로 검을 뽑으며 말했다.

"그리고 목을 베고 망자가 돼라. 그래야 한편이라고 할 수 있으니까."

망자가 되어야 돕겠다는 말.

결국 청일은 송연화의 요청을 일언지하에 거절한 것이나 다름없었다.

갑자기 송연화가 피식 웃더니 욕설을 내뱉었다.

"그렇게는 못 하지, 이 후레자식아!"

"후후, 이제야 본색을 드러내는군."

삼 조 일행은 여섯 명. 망자 쪽은 광명좌사, 청일, 그리고 망자 궁녀들. 그중에서 편복선생은 무공도 모르지만 혼절해서 아직 깨어나지 못하는 상태.

사라락, 사라락.

망자 궁녀들이 옷자락을 바닥에 끌며 삼 조의 뒤로 다가왔다.

앞은 광명좌사, 뒤는 청일과 망자들. 더는 대화가 필요 없었다. 남은 것은 검과 검의 사투뿐.

그때 정영이 송연화에게 말했다.

"연화, 무명과 함께 먼저 올라가."

"뭐라고? 무슨 소리야?"

"더 시간을 끌면 안 돼. 무명은 망자들이 나올 출구를 찾아야 되고, 너는 금위군에게 사정을 얘기해야 되잖아? 둘이 올라가는 게 상책이야."

정영은 더 할 말이 없다는 듯 망자들을 향해 몸을 돌렸다.

"여기는 우리가 막을게."

"……."

정영의 말이 옳았다. 계속 시간이 지체되다가 만련영생교 일당이 지상으로 나오는 날에는 모든 것이 끝장이 아닌가.

하지만 무명과 송연화가 먼저 탈출하라는 정영의 결정은 고육지책인 셈이었다.

지금도 승리를 장담하지 못하는데 두 명이 더 줄어드는 것이니까…….

송연화는 침음하며 다른 자들의 표정을 살폈다.

임윤이 씨익 웃으며 말했다.

"신경 쓰지 마라. 흑랑성에서 이보다 더한 위기도 겪었으니까."

그리고 고갯짓으로 편복선생을 가리켰다.

"선생도 반대 안 할 거다. 안 그렇소, 선생?"

편복선생은 깨어 있다면 아마 반대했을 인물이지만 지금은 혼절했으니 대답할 리가 없다.

이어서 이강이 말했다.

"할 수 없지. 잠행에 참가한 이상 이번만큼은 네년 말에 따르마."

그는 정영에게 고개를 돌린 채 말하는 것으로 그녀의 결정에 따른다는 것을 보여줬다.

이강마저 그렇게 말하자 송연화는 결심을 굳혔다.

"좋아요. 모두 무운을 빌겠어요."

무명이 송연화가 결정을 내리는 것을 조용히 지켜보고 있을 때 이강으로부터 전음이 날아왔다.

[잘됐군. 둘 중에 누굴 선택할지 부담을 덜지 않았냐?]

[또 그 소리요? 어쨌든 뒤를 맡아준다니 고맙소.]

[고맙다고? 천만에.]

무명이 감사를 표했지만 이강은 그답게 독설로 대답했다.

[광명좌사란 놈을 손 좀 봐주고 싶을 뿐이니까 착각하지 마라. 망자 주제에 기어오르려고 해서 말야.]

[하긴, 당신이 남을 도울 위인이 아니지.]

[피차 마찬가지 아니냐? 후후후.]

이강과의 대화가 끝났다.

무명과 송연화는 뒷일을 일행에게 맡기고 몸을 돌려 복도를 달렸다.

광명좌사가 천장을 딛고 둘을 향해 달렸다.

"감히 어딜!"

순간 사슬이 날아와 광명좌사의 검을 칭칭 감아버리는 것이 아닌가?

좌르르르, 철컥!

"어떤 놈이냐?"

광명좌사가 양미간을 심하게 구기며 일갈했다.

사슬은 이강의 유성추였다. 삼호당에서 유성추의 사슬에 사슬낫과 비수를 달도록 주문했던 이강. 그가 비수를 투척해서 광명좌사의 검을 옭아맸던 것이다.

이강이 킬킬대며 말했다.

"어딜 가려고? 네놈은 나랑 놀아야지, 후후후."

이강이 걸친 흑의가 강풍을 맞은 것처럼 크게 부풀었다.

펄럭!

그의 주위 공기가 붉게 핏빛으로 물들기 시작했다.

당청과 소극상은 정신없이 어둠 속을 달렸다.

하지만 좀처럼 망자 떼를 따돌릴 수 없었다. 당청이 발목에 입은 부상이 절대 가볍지 않았기 때문이다.

망자의 이빨이 살을 찢고 뼈에 박힐 정도였으니……

당청이 두 발로 걷지 못하자 소극상이 팔을 목에 두르고 그녀를 부축했다. 자연히 속도가 느려질 수밖에 없었다.

뒤에서 망자들이 끝도 없이 몰려왔다.

촤악, 촤악! 당청은 미친 듯이 금룡편을 휘둘렀으나 남편에게 부축된 채 망자의 목을 날리는 것은 한계가 있었다.

게다가 폭우이화정의 철심조차 바닥이 나버린 상황.

망자 하나가 금룡편의 칼날에 살점이 떨어지면서도 쓰러지지 않고 당청을 덮쳤다.

소극상이 지주사전을 발사해서 망자의 이마에 쇠화살을 박았다. 퍽! 망자의 고개가 뒤로 홱 젖혀졌다.

하지만 잠시 후, 망자는 다시 고개를 되돌리며 부부를 향해 괴성을 토하는 것이었다.

키에에엑!

천하의 고수라도 질릴 수밖에 없는 상황.

소극상이 넌더리를 내며 말했다.

"죽지 않는 시체로 된 군대라… 이들이 지상으로 나가는 날은 정말 위험하겠군."

"당문이 있는 한 그럴 일은 없소."

당청이 차갑게 말하자 소극상이 고개를 끄덕였다.

"맞소. 나도 당문 사람이라는 걸 잊지 마시오."

사천당문의 여인과 혼인한 남자는 가문과 출신에 상관없이 데릴사위로 당문 사람이 되어야 했다.

"이대로는 안 되겠소. 동혈에 단혼사를 뿌려야겠소."

"알았소."

당청이 돌벽을 짚고 혼자 서자 소극상이 고개를 끄덕여 보인 뒤 망자들이 오는 곳으로 단혼사를 뿌리기 위해 달려갔다.

단혼사는 뿌린 뒤 빨리 자리를 뜨지 않으면 시전자도 당할 수 있는 극독이다.

곧 소극상이 단혼사를 뿌리면서 뒷걸음질 쳐서 달려왔다.

그때였다.

당청은 이상한 느낌이 들어서 무심코 고개를 들었다.

순간 천장의 돌벽이 온데간데없고 육안룡의 빛줄기가 허공을 비추는 것이 아닌가?

먼저처럼 아무것도 없던 돌벽이 열리며 통로가 생기는 기관 장치가 작동한 것이었다.

뻥 뚫린 구멍 위에서 망자 하나가 소극상의 등으로 뛰어내렸다.

"위험하오!"

당청이 몸을 날리며 한 손으로 소극상의 등을 떠밀었다. 동시에 금룡편을 휘둘러 망자의 목을 감은 다음 손목을 튕겨서 채찍을 뺐다.

좌라락! 혼신의 힘을 다한 일초에 망자의 목이 날아갔다. 툭!

"괜찮소?"

"나는 괜찮소……."

소극상은 대답을 하다 말고 두 눈을 휘둥그레 떴다.

구멍에서 망자들이 꾸역꾸역 떨어지고 있었던 것이다.

밑으로 떨어진 망자들은 차곡차곡 쌓여서 작은 탑을 만들었다. 당청과 소극상이 빠져나갈 틈은커녕 빛줄기조차 통과하지 못할 시체의 벽이 동혈을 막아버린 것이다.

"……"

앞에는 망자가 쌓은 시체 탑.

뒤에는 단혼사를 뒤집어쓴 채 터벅터벅 다가오는 망자 떼.

부부는 침을 꿀꺽 삼키며 서로를 돌아봤다.

당청이 말했다.

"폭혈화부를 써야겠소."

그런데 소극상이 좌우로 고개를 젓는 것이었다.

"아니오. 당문 사람이 제갈세가의 잔재주를 빌어서야 되겠소?"

그 말에 당청과 소극상은 동시에 씨익 미소를 지었다.

"당신 말이 맞소. 그럼 다른 방법이라도 있는 거요?"

"물론이오."

소극상이 품에 손을 넣어 무언가를 꺼내 들었다.

"이럴 때를 위해 항상 하나씩 남겨두곤 했지. 한데 오늘 쓰게 될 줄은 몰랐소."

폭뢰였다.

"당문인은 남의 손에 죽지 않는다. 당신과 혼인해서 당문에 처음 왔을 때 문주님에게 들은 말이오."

"이런! 언제부터 당문인이 다 된 것이오?"

"이미 오래전에 되었는데, 몰랐소?"

둘은 다시 한번 서로를 보며 씨익 미소를 지었다.

어느새 동혈의 앞뒤에서 다가온 망자들이 당청과 소극상의 코앞까지 당도했다.

하지만 부부는 망자는 신경 쓰지도 않은 채 서로의 얼굴에 고정된 시선을 절대 돌리지 않았다.

이 조 일행은 팔 층 전각에서 폭포수 같은 핏물을 뒤집어썼다.

소극상이 꺼낸 폭뢰도 핏물이 잔뜩 묻어 있었다. 그러나 시간이 꽤 흘렀기 때문에 핏물은 굳어버린 지 오래였다. 이제 불이 안 붙을 도리가 없었다.

소극상이 다른 손으로 화섭자를 꺼냈다.

그때 당청이 말했다.

"내가 불을 붙이겠소."

"좋소."

소극상이 몸이 불편한 아내의 입에 화섭자를 갖다 대주었다.

당청이 좌우를 돌아보며 망자들을 향해 일갈했다.

"당문인은 남의 손에 죽지 않는다!"

망자 떼가 산더미처럼 부부를 둘러싸며 덮쳤다.

키에에에엑!

순간 당청이 화섭자를 불었다.

화르륵! 콰콰콰콰콰쾅!

정결사태가 이 조의 선두에 나서서 망자들을 해치우고 있었다.

좌악, 좌악!

검을 한 번 휘두를 때마다 망자 한둘의 목이 속절없이 떨어졌다.

이미 죽은 시체, 망자.

때문에 정결사태는 손속에 조금도 사정을 두지 않았다.

그녀가 비정하게 검초를 날리는 까닭에는 아끼던 제자 남궁유의 죽음을 복수하려는 마음도 컸다.

남궁세가의 여식을 속가제자로 받아들인 정결사태. 눈에 넣어도 아프지 않은 딸 같은 제자였건만 망자가 되어 비참하게 죽었다니…….

정결사태는 무림맹으로부터 연락을 받고도 한동안 남궁유의 죽음을 믿지 않았다.

"죽어랏!"

분노가 실린 일검이 쉬지 않고 망자들을 도륙했다.

그때였다.

동혈 구석의 어둠 속에서 그림자 하나가 스윽 모습을 드러냈다.

정결사태가 기척을 느끼고 고개를 돌렸다. 그림자는 전신에 흑의를 걸친 것은 물론 검은 복면을 둘러서 얼굴까지 가리고 있었다.

정결사태가 말했다.

"만련영생교의 신도라는 놈이냐?"

흑의인은 아무 대답 없이 조용히 검을 뽑아 들었다.

스릉.

그 모습을 본 정결사태가 알았다는 듯 고개를 끄덕였다.

"그냥 신도가 아니라 시황의 호법이라는 자들 중 하나로군."

"……"

유일하게 밖으로 드러난 흑의인의 두 눈이 반짝 빛을 발했다.

정결사태의 짐작이 맞았다. 흑의인은 만련영생교의 호법인 광명하사였던 것이다.

그때 이 조 일행이 있을 동혈 속에서 뜨거운 공기가 훅 밀려왔다. 무언가 심상치 않은 사태가 벌어졌다는 증거. 정결사태가 검을 뽑으며 말했다.

"인사할 시간이 없는 것 같으니… 바로 대화에 들어가야겠군!"

탓!

정결사태가 광명하사를 향해 몸을 날렸다.

채앵! 검과 검이 맞부딪치자 터지는 금속음. 바로 강호인들의 대화였다.

정결사태가 네 번 연속으로 검을 찌르고 휘둘렀다.

네 번 모두 다른 검로를 그리며 날아드는 검. 한 번의 초식 속에 네 개의 검로가 숨겨 있는 절초.

아미파를 검법의 명문으로 만들어준 난피풍검의 일초식.

동혈 속은 어둡고 갈림길이 많아 언제 어디서 망자가 튀어 나올지 모른다. 시간을 지체하다가 망자들에게 포위당하면 엎 친 데 덮치는 격. 게다가 후미에서는 정체불명의 폭발 사고까 지 나지 않았는가?

때문에 정결사태는 단 일초식에 광명하사를 처치하려고 손 속에 조금도 사정을 두지 않은 것이었다.

파파파팟!

난피풍검의 검망이 광명하사를 통째로 집어삼켰다.

그런데 광명하사는 검망을 빠져나가려고 하지 않고 오히려 한 발짝 앞으로 다가오는 것이 아닌가?

"……!"

정결사태는 믿을 수 없는 광경에 두 눈을 크게 떴다.

광명하사의 전신은 난피풍검의 검망에 휩싸여서 난도질당 해야 했다. 하지만 검이 분명 스친 것처럼 보이는데도 광명하 사는 검흔은커녕 옷깃 하나 갈라지지 않고 있는 것이다.

초식을 피하는 게 아니라 초식 속에서 자유로이 몸을 운신 하는 움직임.

그걸 가능케 한 것은 바로 광명하사의 신묘한 보법이었다.

그러나 정결사태는 코웃음을 쳤다.

"흥! 보법이 제법이다만, 그것으로 아미파의 검법을 피할 성 싶으냐?"

순간 난피풍검의 초식이 기이한 검로를 그리며 광명하사를 에워쌌다.

쐐애애액!

아미파의 원로인 정결사태는 십여 년에 걸친 연구 끝에 난 피풍검을 독자적으로 발전시켰다. 바로 난피풍검의 검로에 절 수구식을 응용하는 것이었다.

인간의 뼈가 꺾일 수 없는 방향으로 팔을 움직이는 절수구 식의 수법.

절수구식의 수법으로 난피풍검을 출수하면 검로가 어디로 향할지 전혀 예측할 수 없었다. 구륜사 결전에서 정결사태의 위명을 떨치게 만들었던 절초.

"받아랏!"

그때였다.

채애애앵! 정결사태의 검이 마치 강철로 된 벽을 찌른 것처 럼 허공에서 튕겨 나갔다.

"뭐야?"

정결사태는 무슨 일이 벌어졌는지 알 수가 없었다.

그런데 더욱 믿기지 못할 말이 광명하사의 입에서 나왔다.

"난피풍검에 절수구식을 응용한 수법인가?"

"……!"

지금까지 정결사태의 절초를 상대하고 살아남은 자는 아무도 없었다. 그런데 눈앞의 흑의인이 어떻게 한눈에 독문무공의 원리를 깨달았다는 말인가?

경악할 일은 그것으로 끝이 아니었다.

쐐애액! 광명하사가 빠르게 검을 내질렀다.

정결사태는 몸을 비스듬히 하고 검을 들어서 광명하사의 검로를 허공에 흘려보냈다.

그러나 다음 순간, 검로가 중간에서 기이하게 비틀어지며 정결사태의 뒷덜미로 날아드는 것이 아닌가?

지금 광명하사의 수법은 강호의 누구보다 정결사태가 잘 아는 것이었다.

바로 난피풍검에 절수구식을 응용한 일초!

만약 다른 문파의 무공이었다면 아무리 절초였다고 해도 치명상은 피할 수 있었으리라. 하지만 생전 처음 보는 자가 자신의 독문무공을 펼치자 당황한 정결사태는 몸이 굳어버렸던 것이다.

푹. 검이 정결사태의 목을 관통했다.

"네놈… 대체 어떻게……."

그녀는 최후의 순간까지 방금 목격한 일초에 의문을 품으며 절명했다.

아미파의 원로고수이며 망자 떼를 가볍게 척살하던 정결사태. 그녀는 광명하사에게 망자의 능력이 아니라 철저히 무공으로 패배하고 말았다.

천외천. 하늘 밖에 또 다른 하늘이 있다.

강호인이라면 누구나 알고 있는 말.

그러나 어떤 고수가 평소 그 말을 귀담아 생각했을까? 강호의 숱한 고수들은 죽을 때가 되어서야 비로소 그 말을 떠올리는 것이다.

정결사태도 다를 게 없었다.

광명하사가 쓰러진 정결사태에게 다가가서 품에 손을 넣었다. 그리고 무언가를 찾아서 손을 뺐다.

"제갈세가의 부적인가? 이것으로 지금까지 망자들의 눈을 속였군."

그의 손에 부적이 들려 있었다.

원하는 것을 얻었는지 광명하사는 냉소를 흘리며 몸을 돌렸다.

그때 정결사태를 뒤따르던 이 조 일행이 막 동혈 속에서 나오다가 광명하사와 마주쳤다.

그들은 당호, 장청, 당백기, 무사였다.

장청이 쓰러진 정결사태를 보고 소리쳤다.

"사태!"

이어서 그녀 옆에 한 명의 흑의인이 검을 든 채 있는 것을 발견했다.

"네놈이 감히!"

장청이 검을 뽑으며 광명하사에게 달려들었다.

광명하사가 피식 냉소를 흘리며 발을 앞으로 뻗었다. 이어서 날아오는 검을 비스듬히 흘려 버린 그가 한쪽 팔을 장청의 가랑이 사이로 집어넣었다.

먼저 주작호의 별장에서 태자의 수하들을 가볍게 날려 버렸던 광명하사.

휙.

그가 몸을 일직선으로 일으키며 양팔을 만세 부르듯이 치켜올렸다.

만약 동혈 속이 아니라 천장이 뚫린 곳이었다면 장청은 급소에 일장을 맞고 삼 장 높이로 떠올랐을 것이다. 그리고 땅에 다시 추락하기도 전에 숨통이 끊어졌으리라.

당호가 경악하며 외쳤다.

"위험해!"

순간 기다란 꼬챙이 같은 것이 광명하사의 팔꿈치를 노리고 날아들었다.

쉬익!

그대로 일장을 출수했다가는 팔꿈치의 근골이 박살 날 위기.

광명하사는 다급히 팔을 비틀며 꼬챙이를 피했다. 쫘아악!

급소를 빗나간 꼬챙이가 옷소매를 찢어버렸다.

죽다 살아난 장청이 멍한 얼굴로 목숨을 구해준 자를 쳐다봤다.

"다, 당신은……."

그는 제갈성이 부리는 무사였다.

광명하사가 양미간을 심하게 찡그리며 말했다.

"당신은 누구지? 내 일초를 파훼하다니, 칭찬해 주고 싶군."

그 말에 무사가 냉소를 흘리며 대답했다.

"사파의 악인한테 칭찬을 받는다고 기뻐할 것 같나? 거절하지."

무사가 말이 끝나기도 전에 몸을 날렸다.

탓!

그의 양손에 들린 꼬챙이들이 광명하사의 급소를 노리고 날아들었다.

쉬쉬쉭!

광명하사는 그제야 꼬챙이의 정체를 알아차리고 외쳤다.

"판관필?"

무사가 든 병기는 강철을 녹여서 붓의 모양으로 본떠 만든 판관필이었던 것이다.

그런데 판관필의 끝이 흐릿해지는가 싶더니 광명하사의 눈앞에서 네 개로 나누어지는 것이 아닌가?

츠츠츠츠.

판관필 하나가 네 개씩. 도합 여덟 개의 판관필이 광명하사의 전신요혈을 노렸다.

여덟 개의 판관필 중 실초와 허초를 구분 못 한다면 꼼짝없이 점혈당할 위기.

하지만 광명하사도 만만치 않았다.

채앵, 채앵!

그가 허공에 검으로 기이한 곡선을 그리자 두 번의 금속음이 터졌다. 순간 여덟 개의 판관필은 감쪽같이 사라지고 검과 충돌한 두 개 판관필의 모습만 남았다.

광명하사가 피식 웃으며 말했다.

"실초와 허초가 여덟 개? 전부 쳐내면 그만이다."

그 말대로였다. 광명하사는 단 두 번 검을 놀려서 실초와 허초를 모두 파훼해 버린 것이었다.

그러나 무사의 초식은 거기서 끝나지 않았다.

스으으윽.

광명하사가 쳐낸 것처럼 보이던 두 판관필이 포물선을 그리며 경로를 바꾸었다. 그리고 각각 십여 개가 넘게 불어났다.

츠츠츠츠츠.

"사사 십육. 도합 삼십이 개."

무사의 목소리는 얼음장처럼 차가웠다.

"이것도 한번 막아보시지."

"······!"

병장기는 길면 길수록 강하다는 것이 강호의 상식이다.

그런데 판관필은 고작 어른 손바닥 두 개를 합친 길이가 아닌가?

또한 외형상 점혈 말고 다른 공격은 불가능하다. 즉, 고수가 하수를 상대할 때는 몰라도 같은 실력이면 패배가 불 보듯 뻔한 병기인 것이다.

하지만 무사의 무공 수위는 그 수준을 뛰어넘었다.

권장으로 검을 이기는 고수가 판관필을 든다면? 지금 무사가 펼치는 수법이 그랬다.

쉬이이익!

삼십이 개의 판관필이 전신의 요혈을 노리고 날아들자 진한 묵향이 광명하사를 뒤덮었다.

두 개의 판관필을 귀신처럼 쓰는 절정고수.

그런 자는 강호에 단 한 명밖에 없다.

당호가 그제야 무사의 정체를 알아차리고 신음을 흘렸다.

"부맹주님?"

옥면서생 제갈성.

그는 은사가 드리운 모자를 써서 입가를 제외한 얼굴을 가리고 다니는 것으로 유명했다.

몇몇 무림명숙 말고는 이목구비를 본 자가 아무도 없다는 제갈성. 그는 자신이 부리는 무사 행세를 하면서 이 조와 함께 이번 잠행에 참가했다.

이강이 말한 당금 명문정파의 서열 두 번째 고수는 바로 제갈성이었던 것이다.

그때였다.

콰콰콰콰쾅!

엄청난 굉음과 함께 동혈 전체가 지진이 난 것처럼 뒤흔들렸다.

제갈성이 양 눈썹을 찡그리며 중얼거렸다.

"이 소리는 설마……."

당호도 굉음의 정체를 깨닫고 소리쳤다.

"폭뢰입니다! 이 소리는 폭뢰가 터진 거예요!"

당호가 몸을 돌려서 당청과 소극상이 오고 있을 동혈 속으로 들어가려고 했다.

그때 제갈성이 광명하사를 공격하던 초식을 멈추더니 당호를 향해 몸을 날렸다. 탓! 그리고 당호의 뒷덜미를 붙잡아서 힘껏 뒤로 던졌다.

"위험하다!"

순간 당호가 막 발을 들이려던 동혈 속에서 엄청난 불길이 디져 나왔다.

화르르륵!

동혈 속에 순간적으로 공기가 부족해지자 불길이 멀리까지 거꾸로 역류해서 치솟는 현상이었다.

만약 당호가 그대로 동혈로 들어갔다면 불길에 휩싸여서

잿더미가 되었으리라. 하지만 그는 극적으로 목숨을 구한 것을 기뻐할 수 없었다.

동혈 속에서 아직 당청과 소극상이 나오지 않았으니까…….

그때 광명하사가 검을 회수하며 말했다.

"당신과의 승부는 아쉽지만 내 할 일이 있어서 이만."

뒷걸음질 친 것도 아닌데 광명하사의 신형이 스르르 뒤로 움직여서 갈림길 중 하나의 어둠 속으로 들어갔다.

하지만 제갈성은 광명하사를 뒤쫓지 않았다.

잠시 정신이 나가 있던 당호가 갑자기 불길이 치솟고 있는 동혈로 뛰어들려고 했기 때문이다.

"고모님! 고모부님!"

순간 제갈성이 검지를 놀려 당호를 점혈했다. 쉭!

당호의 몸이 인형처럼 정지했다. 하지만 아혈이 마비된 것은 아닌지 당호가 입을 벌려서 소리쳤다.

"부맹주님! 왜 이러십니까?"

"두 분은 너를 위해서 죽음을 불사하셨다. 희생을 헛되게 할 셈이냐?"

제갈성이 얼음처럼 냉랭한 목소리로 일갈했다.

"당청이 죽으면 네가 당문의 제일 후계자다. 정신 차려라, 당호!"

동혈 속으로 뛰어들던 당호를 점혈한 제갈성.

그가 차디찬 목소리로 말했다.

"당문의 두 분은 물론 정결사태까지 목숨을 잃었다. 그분들의 희생을 헛되게 할 셈이냐?"

"······!"

"경거망동하지 마라. 너는 당문의 차기 문주가 될 몸이니까."

당호는 황망한 눈빛을 하며 침음했다. 제갈성의 말이 구구절절이 옳았기 때문이다.

당백기 역시 동혈 속을 바라보며 신음을 흘렸다.

"누님······."

곧이어 제갈성이 당호의 점혈을 풀어주었다.

동혈 속은 여전히 불길이 활활 타오르고 있었다. 당호는 눈물을 흘리며 말없이 동혈을 바라볼 뿐 이제 뛰어들려고 하지 않았다.

정결사태를 처치한 광명하사를 제압한 제갈성.

그는 정체를 숨긴 채 잠행하다가 이 조가 위기에 처한 순간 진면목을 드러냈다. 만약 그가 없었다면 이 조는 동혈 속에서 한 명도 남김없이 전멸하여 다시는 햇빛을 보지 못했으리라.

이제 남은 이 조는 제갈성, 당호, 장청, 당백기뿐.

제갈성이 입을 열었다.

"지금부터 이 조의 남은 인원은 사 조로 합류한다."

그가 세 명과 한 차례씩 시선을 교환하며 말했다.

"이 조는 작전에 실패했다. 하지만 우리는 사 조와 합류해서 지상에서 작전을 계속할 것이다. 망자 멸절 계획은 아직 끝나지 않았으니까."

"존명!"

당호와 장청이 포권지례를 올리며 외쳤다. 당백기도 두 눈에 굳은 의지를 보이며 고개를 끄덕였다.

이 조는 희생도 크고 작전도 실패했다. 그러나 제갈성의 말대로 모든 게 끝난 것은 아니었다. 만련영생교가 여전히 중원을 망자 판으로 만들기 위해 흉계를 펼치고 있으니까.

"당호, 길을 안내해라."

"예."

당호가 결의를 다지는 얼굴로 앞장을 섰다.

제갈성, 당호, 장청, 당백기가 각자 어둠 속을 향해 병장기를 겨냥했다.

판관필, 금전표, 검, 지주사전.

제갈성이 이끄는 일행은 빠르게 동혈 속을 돌파하기 시작했다.

시간을 지체하지 말고 무명과 송연화를 빨리 지상으로 내보내야 한다.

정영이 꺼낸 뜻밖의 작전.

삼 조 일행은 작전을 수긍하며 받아들였다. 무명과 송연화는 일행에게 뒤를 맡기고 전각의 꼭대기를 향해 몸을 날렸다.

광명좌사가 냉소를 흘리며 둘을 향해 검을 출수했다.

"아무도 이곳에서 나가지 못한다!"

순간 이강이 유성추를 변형한 사슬을 던져서 그의 검을 옭아맸다.

촤르르르! 철컥!

이어서 이강이 걸친 흑의가 폭풍을 만난 돛처럼 휘날렸다. 펄럭!

"네놈 상대는 나다, 후후후."

휙! 이강이 몸을 날리더니 벽을 디디면서 광명좌사를 향해 돌진했다.

타타타타!

천장을 딛고 거꾸로 매달린 광명좌사.

그런데 이강은 한술 더 떠서 옆으로 몸을 눕힌 상태로 벽을 평지처럼 밟고 달리는 것이 아닌가?

철그럭! 이강이 사슬을 손으로 움켜쥐고 잡아당기자 광명좌사는 검을 놓치지 않으려고 손아귀를 불끈 쥐었다.

하지만 그건 이강의 허초였다.

광명좌사가 검을 당기자 이강은 슬쩍 사슬을 놓아서 힘을 풀었다. 그러자 광명좌사는 자기 힘을 이기지 못하고 뒤로 세 발짝을 물러서야 했다.

순간 이강이 유성추의 반대편에 매단 사슬낫을 날렸다.

휘리리릭!

기슭 엄(厂) 자 모양의 낫이 빙그르 돌며 광명좌사의 목을 노렸다.

그러나 광명좌사도 허초 한 번에 당할 인물이 아니었다. 그는 자세가 불안한 가운데 손목을 돌려 검을 거꾸로 잡았다. 그리고 검날로 낫을 살짝 쳐서 방향을 바꾼 다음 검으로 빙글빙글 돌렸다.

이어서 검을 뻗으며 공중에서 돌리던 낫을 이강에게 도로 돌려보냈다.

"받아랏!"

쌔액! 낫이 암기처럼 전광석화의 속도로 이강에게 날아갔다.

낫의 꺾인 날이 이강의 이마에 박히려는 찰나.

이강이 검지와 중지를 세워서 낫의 날을 두 손가락으로 가볍게 잡아챘다. 탁!

날아오는 비수를 맨손으로 받는 것도 힘들 텐데 중간에서 날이 꺾인 낫을 두 손가락만으로 받는다? 이강의 무위가 어느 정도인지 실감이 안 나는 장면.

그 광경에 오만한 광명좌사조차 침을 삼키며 긴장했다.

"……."

"후후후, 왜 그래? 받으라고 해서 받았을 뿐인데."

계속해서 이강과 광명좌사는 천장과 벽을 타고 다니며 정신없이 공방을 주고받았다.

채채채채챙!

그야말로 두 절정고수의 결투.

둘의 결투를 밑에서 보던 정영이 초조한 얼굴로 말했다.

"이강을 도와야 하오."

다른 명문정파인이라면 사대악인인 이강을 돕겠다는 생각은 절대 하지 않았으리라.

정영이 순수한 성정의 소유자라서 할 수 있는 말.

하지만 두 고수의 싸움이 너무 치열했다. 괜히 돕겠다고 끼어들었다가는 이강이 휘두르는 사슬낫과 비수에 목이 베일지도 모르는 상황.

임윤이 피식 웃으며 말했다.

"저놈은 그냥 놔둬도 돼. 우리가 돕고 말고 할 놈이 아냐."

과거 흑랑성 잠행 때 이강의 무위가 어느 정도인지 확인했던 임윤은 정영과 달리 아무 걱정이 없었다.

"우리 상대는 저쪽이다."

임윤이 고갯짓으로 복도 반대편을 가리켰다.

그곳에서는 흉흉한 눈빛으로 검을 꼬나든 청일과 망자 궁녀들이 삼 조 일행을 향해 다가오는 중이었다.

정영의 눈에 전의가 불타올랐다.

"알았소."

망자가 되기 전 무당파의 고수였던 청일. 그리고 이십여 명이 넘는 망자 궁녀들.

정영과 임윤은 서로에게 고개를 끄덕인 다음 척사검과 단창을 들고 그들을 상대하기 시작했다.

생전에 황궁의 궁녀였던 망자들이 손톱을 바짝 세우고 휘둘렀다.

만약 그들이 지금도 궁녀라면 정영과 임윤은 코웃음을 쳤으리라. 하지만 망자에게 상처를 입으면 언제 혈선충에 감염될지 모른다.

감염을 피하려면? 정답은 원거리 공격.

마침 정영의 척사검과 임윤의 단창은 망자를 원거리에서 상대하기에 최적의 병장기였다.

키에에에엑!

궁녀들이 사정없이 손톱을 할퀴며 달려들었다.

그러나 그들 중 아무도 정영과 임윤에게 일 장 가까이 붙지 못했다.

슈웃! 촤악! 드드득!

척사검은 망자의 목을 관통할 때, 단창은 찌른 뒤 빼면서 뒷덜미의 혈선충 심맥을 갈라 버릴 때 망자의 숨통을 끊었다. 둘이 검과 창을 내지를 때마다 궁녀 한 쌍이 속절없이 쓰러졌다.

순식간에 궁녀들 대여섯 명이 다시 죽은 시체로 돌아갔다.

그때였다.

"단순하기 짝이 없는 사일검법에 네놈은… 북악검문 놈이
군."

획!

청일이 궁녀들 머리 위를 뛰어넘으며 정영과 임윤에게 검을
출수했다.

녹색 수실이 달린 무당파의 고검(古劍).

정영은 청일의 고검을 피하지 않고 척사검을 찌르며 맞상대
했다. 그런데 고검이 척사검을 뱀이 나무를 타듯이 휘감더니,
척사검의 검로를 바꿔 버리고 정영의 미간을 노리는 것이 아
닌가?

"조심해!"

임윤이 단창을 뻗어 고검을 막았다.

까까까깡! 고검과 단창의 사모날이 부딪쳐서 불꽃을 튀겼
다.

임윤의 도움으로 간신히 위기에서 벗어난 정영.

그런데 정영과 임윤의 표정이 심상치 않았다. 둘이 나직한
목소리로 말했다.

"좌수검법……."

"내가 북악검문 출신이란 걸 어떻게 알았지?"

방금 청일의 수법은 왼손으로 검을 쓰는 좌수검법(左手劍法)이
었다.

좌수검법은 단순히 오른손잡이가 쓰는 검법과 검로와 응용

법이 판이하게 다르다. 과거 좌수검법을 변칙적으로 써서 무당삼검의 위명을 얻었던 청일. 방금 정영이 그의 검에 속수무책으로 당할 뻔한 것도 그래서였다.

임윤이 받은 충격은 더욱 컸다.

하오문 문주인 그의 과거를 아는 자는 강호에 몇 명 되지 않았다. 그런데 청일은 임윤의 출신을 한눈에 알아차린 것이다.

청일이 냉소를 흘리며 대답했다.

"북악검문이 과거 비검술(飛劍術)로 유명했던 적이 있었지. 네놈 수법을 보아하니 단창을 쓰지만 비검술이 손에 익어 있더군."

"……."

임윤은 입을 다문 채 침음했다.

과거 무당삼검으로 위명을 떨쳤으며 금위군 총대장의 지위까지 올랐던 청일.

그는 망자가 되었으나 무공만큼은 절대 만만한 인물이 아니었다.

"나도 네놈들과는 아무 원한이 없다. 단지."

청일이 복도 건너편으로 고갯짓을 하며 말했다.

"내가 원하는 것은 환관 놈의 목이다. 그러니 길을 열면 적어도 나는 네놈들한테 검을 쓰지 않으마."

그 말에 임윤과 정영이 서로 눈빛을 교환하더니 대답했다.

"어떠냐? 고명하신 무당파 나리의 말씀을 받들어 모실까?"

"싫소."

정영이 일언지하에 잘라 말했다.

"이럴 때가 아니면 언제 무당파 검법을 배워볼 일이 있겠소?"

"우문현답이군."

둘의 대화를 듣고 청일이 냉소를 흘렸다.

"그렇게 죽고 싶다니 소원을 들어주마!"

획! 청일이 몸을 날리며 기이하기 짝이 없는 좌수검법을 출수했다.

팔 층 전각에 남은 삼 조 일행은 망자들과 사투를 벌였다.

그런데 그들이 모르는 사실이 있었다.

당청과 소극상이 폭뢰를 터뜨리자 불길이 동혈 깊숙한 곳까지 옮겨붙었다. 동혈 속에 순간적으로 공기가 부족해져서 생긴 현상. 당호도 제갈성이 아니었다면 불길에 휩싸여서 불덩이가 되었으리라.

문제는 불길이 지하 황궁 쪽으로도 불어닥쳤다는 것이다.

당문삼독은 지하 황궁의 거리에 폭뢰를 설치하고 도화선을 길게 풀었다.

어른 주먹만 한 실뭉치이지만 전부 풀면 엄청난 길이가 되는 도화선. 때문에 도화선은 여전히 소극상과 당백기로 연결

되어 있었던 것이다.

그리고 피범벅으로 젖어 있던 도화선은 시간이 지나서 꽤 마른 상태였으니…….

순식간에 동혈 밖으로 불어닥친 불 폭풍이 도화선을 통째로 삼켜 버렸다.

치지지직.

작은 불꽃이 거미줄처럼 가는 도화선을 빠르게 태우면서 이동했다.

동혈은 굴곡이 많고 곳곳이 구불구불했다. 하지만 불꽃은 꺼질 듯 말 듯 하면서도 끝내 동혈 밖으로 나오는 데 성공했다.

잠시 후.

도화선을 태우며 이동한 불꽃이 당문삼독이 설치한 폭뢰더미에 당도했다.

치지지직… 콰아아앙!

작은 불씨가 옮겨붙은 것에 불과했지만 폭뢰는 굉음을 내며 폭발했다.

한번 폭뢰가 터지자 담벼락을 따라 일렬로 늘어뜨린 폭뢰의 열에 연속으로 불이 붙기 시작했다. 폭뢰가 하나둘씩 터지더니 급기야 지하 황궁의 거리가 불꽃놀이를 하는 것처럼 굉음에 휩싸였다.

콰앙, 콰앙, 콰콰콰콰쾅!

실로 엄청난 위력의 폭발.

암기와 기관장치로 유명한 사천당문은 강호의 어떤 문파보다 화약을 잘 다룬다.

그런 당문이 폭뢰로 이름을 떨친 신진방과 벽력당의 기술까지 습득했으니…….

당문과 벽력당의 기술로 제조된 폭뢰의 위력은 상상을 뛰어넘었다. 곧이어 엄청난 불길이 거리 곳곳에 솟아오르며 건물을 태우기 시작했다.

화르르르르!

지하 황궁은 지상처럼 광활한 공터에 자리하고 있었다.

하지만 아무리 넓다고 해도 지하는 지하였다.

큰 불길이 치솟자 공기의 흐름이 바뀌었다. 휘이이잉! 강풍의 소용돌이가 지하 황궁의 거리를 휩쓸고 지나갔다.

그 바람에 불길이 삽시간에 건물과 건물을 타고 번져 나갔다.

눈 깜짝할 사이에 불바다가 된 지하 황궁.

그때 무명과 송연화는 팔 층 전각의 꼭대기에 막 도착한 참이었다.

꼭대기의 천장은 박살이 나 있었다. 이 조 일행을 덮친 핏물이 담긴 수조. 지금은 산산조각으로 폭파되어서 파편과 잔해만이 남은 모습이었다.

그 천장의 구석에 나무 판을 벽에 박아서 만든 계단이 있었다.

송연화가 앞장서며 말했다.

"저기예요."

계단 역시 폭파의 여파로 나무 판이 남은 곳보다 사라진 곳이 더 많았다.

무명과 송연화가 두세 계단을 건너뛰는 식으로 계단을 올라가고 있을 때였다.

콰아아아앙!

지진이 난 것처럼 전각이 통째로 뒤흔들렸다.

둘은 깜짝 놀라서 벽에 튀어나온 나무 판 잔해를 붙잡고 매달렸다.

무명이 영문을 몰라서 말했다.

"대체 뭐지?"

"이 조가 폭뢰를 터뜨린 거예요."

송연화가 싸늘하게 가라앉은 목소리로 대답했다.

"무림맹은 이번 잠행에서 지하 황궁을 모두 불태울 계획이에요."

당문삼독이 설치한 폭뢰가 터지자 지하 황궁은 불길로 휩싸였다.

폭파 여파로 생긴 불길과 강풍은 팔 층 전각까지 이어졌다. 전각 꼭대기에 도착한 무명과 송연화가 막 지상으로 나가려고 할 때였다.

콰아아앙!

둘은 나무 계단의 잔해를 붙잡고 매달렸다.

다행히 진동은 금세 사라졌다. 둘은 잔해를 잡고 건너뛰면서 천장으로 이동했다.

무명이 천장을 덮고 있는 돌로 된 뚜껑을 밀어젖혔다.

끼기기긱……

돌판은 상당히 무거워서 쉽게 올라가지 않았다. 하지만 무명이 손에 내력을 실어서 밀자 어느 순간 활짝 뒤집히며 열렸다.

벌컥.

무명과 송연화는 천장에 생긴 구멍 위로 올라갔다.

발을 들인 곳은 어두컴컴한 지하실이었다. 예전에 정혜귀비의 처소였던 건물.

그러나 지금은 폐허로 변해 있었다. 청일이 망자가 되고 태자가 침입했던 날 화재가 발생했기 때문이다.

시커먼 잿더미와 화재 잔해만 뒹구는 폐허.

무명은 정혜귀비의 처소가 아직까지 깨끗이 치워지지 않은 것이 이상했다.

황궁 내원의 중심에 있는 건물이 여전히 불탄 채로 있다니?

황제가 아무 명도 안 내렸을까? 아니, 그 전에 수로공 같은 환관이 알아서 정비를 해야 되는 것 아닌가?

어쩌면 그 이유는 바로…….

'지하 황궁 출입구의 존재를 숨기기 위해서인가?'

그것 말고는 이유가 없으리라.

청성이 이끄는 금위군. 아니면 또 다른 어떤 세력이 지하 황궁의 출입구를 숨긴 채 지키고 있다. 황제마저도 자신의 뜻대로 조종하면서…….

사위는 어두웠고 하늘에는 아직 별빛이 남아 있었다. 한 시진쯤 있으면 동이 틀 것이다. 지하 도시에 잠행한 지 만 하루 이상이 지났다는 뜻이었다.

무명과 송연화는 잿더미가 된 기둥을 돌아서 위로 올라갔다.

그러자 불탄 흔적이 고스란히 남아 있는 돌계단이 나왔다. 돌계단을 올라가면 드디어 황궁의 내원 한복판에 도착하는 것이다.

앞장서던 송연화가 돌아보며 말했다.

"다 왔어요. 이제 남은 일은……."

그때였다.

어둠 속에서 그림자가 스윽 나오더니 송연화의 뒤를 덮쳤다.

무명은 깜짝 놀라서 반사적으로 몸을 날렸다.

"조심해!"

이어서 그림자를 향해 일장을 날렸다.

혼신의 내력을 실은 벽공장 일초. 소행자와 우수전의 내력이 몸속에서 진탕되어 주화입마에 들든 말든 신경 쓸 때가 아니었다.

쉬익!

무명의 일장이 그림자의 등을 향해 날아갔다.

그런데 그림자의 신형이 갑자기 흐릿해지더니 잔상을 남기고 옆으로 비켜나는 것이 아닌가?

츠츠츠츠.

"……!"

무명은 깜짝 놀라서 일장을 회수했다. 그대로 벽공장을 날렸다가는 오히려 송연화를 타격할 위험이 있었기 때문이다.

그때 송연화도 위기를 느꼈는지 검을 뽑으며 몸을 돌렸다.

"대체 무슨 일이……."

순간 잔상을 남기며 움직이던 그림자가 송연화를 향해 움직였다.

쐐애액!

화살이 쏘아진 것처럼 전광석화 같은 움직임.

송연화는 그림자가 돌진하는 것을 보자 뒤쪽으로 몸을 날렸다. 계속해서 발을 바닥에 딛지 않은 채 허공에서 몸을 뒤집으며 그림자를 피했는데, 바로 곤륜파의 신법인 운룡대팔식의 수법이었다.

송연화가 몸을 회전하며 세 번의 검격을 날렸다. 쉬쉬쉭!

순간 그림자가 허리에서 검을 뽑더니 그녀의 삼검을 모두 튕겨냈다.

채채챙!

삼초의 검격이 모두 파훼되자 송연화는 운룡대팔식의 수법으로 허공을 차며 뒤로 몸을 피했다. 그런데 그림자의 신형이 공중에 둥실 떠오르더니 그녀를 향해 날아왔다.

"거짓말!"

송연화가 믿을 수 없다는 눈으로 외쳤다.

그도 그럴 것이, 지금 그림자의 수법은 운룡대팔식을 그대로 따라 한 것이었기 때문이다.

경악하는 순간에도 그녀는 검을 찌르며 반격했다.

하지만 뒤로 도약하는 중에 앞으로 검을 찌른 것이라 위력이 절반 이상 하락되었다. 그림자는 살짝 고개를 돌려서 검격을 뒤로 흘렸다.

그리고 송연화의 가슴에 일장을 뻗었다.

터엉!

운룡대팔식으로 우아하게 공중을 날던 송연화는 화살 맞은 새처럼 바닥으로 떨어졌다. 그리고 무릎을 꿇고 쓰러지면서 붉은 선혈을 한 모금 토했다.

"쿨럭……."

그림자의 일장에 내상을 입은 것이었다.

송연화는 창천칠조 중의 최고고수이며, 당금 명문정파의 후기지수 중에서도 그녀와 비할 자는 없다고 할 수 있었다.

구대문파 정도 되는 쟁쟁한 곳이 아니라면 이미 한 문파의 장문인급 실력을 갖춘 송연화.

그림자는 그런 그녀를 단 일장으로 쓰러뜨린 것이었다.

"드디어 당신을 만났군."

그가 천천히 몸을 돌리더니 무명을 보며 말했다.

"이때를 기다리고 있었소."

무명은 그림자의 정체를 깨달았다.

그림자는 전신에 흑의를 걸쳤으며 얼굴은 검은 복면을 써서 가리고 있었다.

하지만 무명은 그의 목소리를 들은 기억이 났다.

영왕 별장에서 태자의 수하 금위군을 손쉽게 농락한 뒤 태자의 목을 벤 자.

그림자의 정체는 시황의 만련영생교 호법 중의 한 명인 광명하사였다.

송연화가 입에서 피를 흘리면서도 앙칼진 목소리로 말했다.

"대체 어떻게 우리를 따라왔지?"

광명하사는 그녀는 신경 쓰지도 않는지 무명에게 시선을 고정한 채 대답했다.

"그게 지금 무슨 상관이 있지?"

"네놈……."

광명하사의 말이 옳았다.

그가 어떻게 팔 층 전각을 막고 있는 삼 조 일행을 피해서 무명과 송연화의 뒤를 밟았는지 굳이 알 필요는 없어진 셈이었다.

이제 죽고 죽이는 결투만 남았으니까.

무명이 허리춤에서 환도를 뽑아 들었다. 광명하사도 검을 아래로 길게 늘어뜨렸다.

"하아앗!"

무명이 몸을 날리며 환도를 휘둘렀다.

광명하사는 제자리에 꼼짝도 않고 서 있었다. 그러다가 환도가 정수리에 꽂히려는 찰나, 잔상을 남기면서 사라졌다.

츠츠츠츠.

무명은 입술을 질끈 깨물었다. 또 나왔군.

그는 환도를 휘두르면서 동시에 왼손으로 허리춤에 찬 다른 환도를 잡았다. 그리고 몸을 회전하며 두 자루의 환도를 수평으로 휘둘렀다.

마치 양팔을 벌리고 풍차돌기를 하는 듯한 모습.

자세는 어설프기 짝이 없었다. 하지만 환도의 사정거리 안에 들어오면 아무리 귀신같은 신법을 쓴다고 해도 꼼짝없이 베일 수밖에 없으리라.

그때 광명하사가 위로 도약했다.

탓!

그는 살짝 땅을 차는가 싶었는데 삼 장 높이로 솟아올랐다.

이어서 밤하늘을 배경으로 광명하사가 무명의 정수리를 향해 검을 뻗으며 떨어졌다.

쉬이이익!

그러나 그거야말로 무명이 기다리고 있었던 것.

무명은 두 자루의 환도를 시간 차를 두고 공중으로 투척했다

휘휙!

광명하사가 가볍게 검을 휘둘러 환도를 튕겨냈다. 채챙!

기회였다. 무명이 광명하사를 향해 일장을 뻗었다.

환도 투척은 허초. 이어지는 벽공장이 실초.

광명하사는 공중에서 무명을 향해 수직으로 떨어지는 중이었다. 그런데 무명이 하늘을 향해 일직선으로 벽공장을 날린다?

제아무리 신법이 뛰어나도 피할 도리가 없다.

그때 광명하사의 검에서 희미하게 빛이 발했다. 그가 단전의 모든 내력을 검에 실은 것이었다.

광명하사의 검기와 무명의 벽공장이 허공에서 충돌했다.

퍼엉! 쫘지자작!

폭발음과 동시에 두터운 화선지를 찢는 듯한 날카로운 소리가 터졌다.

이어서 광명하사의 검 중간이 부러져서 날아갔다. 챙!

벽공장 일초는 막혔으나 무명은 곧바로 찾아온 기회를 놓

치지 않고 왼손으로 재차 벽공장을 출수했다.

이제 검기를 쓸 검도, 피할 곳도 없었다.

광명하사의 최대 위기.

그러나 광명하사는 이미 반격을 준비하고 있었다.

검날이 부러지는 찰나, 그는 송연화의 운룡대팔식 수법을 응용해서 허공을 차고 몸을 날렸던 것이다.

그 결과 먼저와는 비교도 안 될 속도로 쏜살같이 아래로 떨어졌다.

"……!"

무명은 의표를 찔려서 깜짝 놀랐다.

길이가 긴 창은 병장기 중의 으뜸이다. 하지만 창술의 고수일수록 적과의 거리 유지를 최대한 신경 쓴다. 적이 창의 사정 거리 안으로 들어와서 접근전을 펼친다면 긴 창은 무용지물, 아니, 오히려 방해물이 되기 때문이다.

지금 광명하사의 전법이 창술을 파훼하는 것과 같았다.

벽공장은 일장을 출수하여 일정 거리가 떨어진 위치에 내공 진기를 격발시키는 원리다.

그런데 광명하사가 예상하지 못한 빠른 속도로 내려오자 벽공장의 사정거리 안쪽으로 들어와 버린 것이다.

무명은 황급히 벽공장을 회수했다. 그리고 다른 손으로 품에 소지한 비수를 꺼내 광명하사의 얼굴로 던졌다.

그 임기응변의 수법이 무명의 목숨을 구했다.

챙! 광명하사가 부러진 검으로 비수를 쳐내는 찰나, 무명은 그 틈을 타서 나려타곤의 수법으로 바닥을 데굴데굴 굴렀다.

강호인은 꼴사납다는 이유로 쓰지 않는 나려타곤.

하지만 실전에 도움이 된다면 더한 수법이라도 쓸 수 있었다. 죽고 나서야 체면이 무슨 문제란 말인가?

다행히 광명하사의 후속 공격은 없었다.

환도도 비수도 없다. 이제 벽공장만으로 광명하사를 상대해야 한다.

무명은 몸을 회전하며 재빨리 일으켰다.

그런데 후속 공격이 없다는 것은 착오였다. 광명하사의 목표는 무명이 아니라 내상을 입고 쓰러져 있는 송연화였던 것이다.

일단 한 명의 목숨을 확실히 끊은 뒤 남은 하나를 상대하겠다는 뜻.

송연화는 몸을 일으키며 검을 들었지만 손이 부들부들 떨려서 검을 놓치지 않는 것만 해도 다행이었다. 내상이 가볍지 않다는 얘기였다.

절체절명의 위기.

"하아아앗!"

무명은 앞뒤 가리지 않고 몸을 날렸다.

그리고 광명하사의 등을 향해 전력을 다해 쌍장을 뻗었다.

쉬이이익!

순간 광명하사의 신형이 또다시 잔상을 남기며 흐릿해졌다.

무명은 이번에는 쌍장을 회수하지 않았다. 만약 광명하사가 왼쪽이나 오른쪽으로 움직인다면 그를 따라 몸을 회전하며 그대로 벽공장을 날릴 심산이었다.

그는 흐릿한 잔상을 눈으로 좇았다.

광명하사의 위치를 찾는 순간이 절호의 기회가 되리라.

그런데 광명하사는 전혀 엉뚱한 곳에서 나타났다. 다음 순간 시커먼 그림자가 무명의 코앞에서 떡하니 나타나는 것이 아닌가?

"······!"

분명 왼쪽 아니면 오른쪽으로 피한 듯 보였던 광명하사.

하지만 그는 잔상을 남긴 채 사라지면서 오히려 무명의 가슴팍을 향해 달려드는 쪽을 선택했던 것이다.

신묘한 보법 때문에 가능한 전법.

광명하사는 이미 사정거리 안쪽을 파고들었기 때문에 벽공장에 당할 위험이 없어졌다.

내상을 입었으나 무공이 뛰어난 송연화 역시 상황을 알아차렸다.

"무명!"

그녀가 다급히 외쳤으나 이제 방법이 없었다. 죽이 되든 밥이 되든 최대한 벽공장의 사정거리를 끌어당겨서 출수할 수밖에.

쉭!

광명하사가 날이 부러진 검을 던졌다.

무명은 먼저 그가 비수를 피한 것처럼 고개를 돌려서 검을 흘려보냈다.

그때 광명하사가 송연화에게 출수했던 장법을 펼쳤다. 게다가 이번에는 쌍장이었다.

무명과 광명하사가 뻗은 쌍장이 정통으로 맞붙었다.

쩌어엉!

합쳐서 네 개의 손바닥. 둘의 쌍장은 손금 하나 어긋나지 않을 정도로 허공에서 정확하게 붙어버렸다.

무공을 수련한 강호인이 장법을 쓰며 싸우다가 서로 손바닥이 맞붙는다?

그것도 쌍장이 붙어서 손을 뺄 여력이 없다?

그럴 경우 이어질 상황은 단 하나.

후우우욱.

무명과 광명하사의 얼굴이 대번에 붉게 달아올랐다.

"……."

둘은 발가락 하나 까딱하지 않은 채 상대의 두 눈에서 시선을 떼지 않았다. 동시에 단전에서 모든 내공진기를 남김없이 끌어모은 뒤 쌍장으로 불어 넣었다.

"무명……."

송연화가 무명을 돕기 위해 몸을 일으켰다. 하지만 한 걸음

걷기도 전에 검을 놓쳐 버리며 다시 바닥에 쓰러지고 말았다.

이제 남은 것은 하나였다. 먼저 내력이 소진되는 자가 무조건 죽는 싸움.

무명과 광명하사는 목숨을 건 내공 대결을 벌이기 시작했다.

2장.

장량의 과거

무명과 광명하사의 내공 대결이 시작되었다.

둘은 전신의 내공진기를 모두 끌어올려서 상대방의 쌍장으로 불어 넣었다.

츠츠츠츠.

꼼짝하지 않은 채 모든 내력을 쌍장으로 쏟아낸다. 먼저 내력이 소진되는 자는 밀려오는 진기의 흐름을 막지 못하고 무릎을 꿇을 것이다.

둘 중 하나가 죽어야 끝날 사투.

무명은 내공진기를 쌍장으로 불어 넣는 데 정신을 집중했다.

하지만 곧 실수했다는 것을 깨달았다.

고오오오.

광명하사의 쌍장에서 노도와 같은 흐름의 내공진기가 몰려오는 것이 아닌가?

"……!"

무명은 황궁에서 소행자와 우수전의 내력을 흡수해서 자신의 것으로 만들었다. 그런데 지금 광명하사가 쏟아내는 내력은 두 환관의 내력을 모두 합친 것을 능가하는 것이었으니…….

실로 해일 같은 내공진기의 흐름.

갑자기 엄청난 양의 내력을 맞이하자 무명의 전신이 불덩이처럼 달아올랐다.

후우욱.

동시에 활짝 펼친 두 손바닥도 철판에 댄 것 같은 열기를 느꼈다.

무명은 절망하며 생각했다. 이것으로 끝인가?

숨이 턱 막혀서 더는 호흡이 불가능할 때였다.

한 줄기 서늘한 기운이 단전에서 감돌기 시작했다. 순간 광명하사가 쏟아내는 해일 같은 내력이 혈맥을 통해 단전으로 흐르기 시작했다.

이어서 용암 같던 광명하사의 내력은 무명의 단전에서 차가운 호수처럼 식어버렸다.

'이것은……!'

무명은 깜짝 놀랐으나 어떤 일이 벌어지는지 잘 알고 있었다.

소행자와 우수전의 내력을 흡수했을 때와 같은 상황.

흡성신공이 발동된 것이었다.

그런데 문제가 있었다.

옆에서 무명과 광명하사의 내공 대결을 지켜보고 있는 자.

바로 송연화의 존재였다.

송연화는 큰 내상을 입어서 바닥에 쓰러진 채 몸을 일으키지 못하고 있었다. 하지만 무명과 광명하사의 싸움을 똑똑히 지켜보는 중이었다.

이대로라면 무명이 흡성신공을 쓴다는 사실을 알아차리고 말 터.

그러나 방법이 없었다. 무명은 흡성신공을 중도에서 멈추는 법을 모르니까. 먼저 소행자와 우수전의 내력을 흡수할 때도 의식과는 상관없이 몸이 저절로 흡성신공을 발동하지 않았는가?

서로 손바닥을 맞댄 상대가 내력을 쓰는 순간, 그 내력이 고스란히 무명의 단전에 흘러와서 물처럼 고인다.

자신의 의지로 펼치는 게 아니니 멈출 수가 없었다. 절벽 위에서 떨어지는 폭포수를 거꾸로 되돌릴 수 없는 것처럼.

게다가 멈출 수 있다고 해도 멈추면 안 되었다.

지금 흡성신공을 억지로 멈춘다면 도리어 광명하사의 내력을 감당 못 하고 죽게 될 테니까.

그러는 중에도 광명하사의 내력은 끊임없이 흘러들어 왔다.

고오오오오.

무명은 꼼짝하지 않은 채 시선만 돌려서 송연화의 기색을 살폈다.

역시… 예상대로였다.

그녀는 의아한 눈빛으로 둘을 쳐다보다가 곧 두 눈을 부릅뜨며 무명을 노려봤다. 무명이 구륜사 결전 이후 중원에 처음으로 나타난 흡성신공의 소유자라는 사실을 알아차린 것이었다.

무명은 차후의 일이 걱정되었다.

천신만고 끝에 광명하사와의 내공 대결에서 살아남는다고 해도 그다음은 중원 무림의 공적이 될 게 뻔한 일.

그렇다면… 송연화를 어떻게 설득하는지가 무엇보다 중요하리라.

그런데 정말 무명을 놀라게 하는 일은 따로 있었다.

바로 코앞에서 쌍장을 맞대고 있는 광명하사였다.

그의 눈빛은 담담하다 못해 명경지수처럼 평온하기 그지없었던 것이다.

'……?'

절대 이해할 수 없는 눈빛.

평생 쌓은 내력을 몽땅 빼앗길지 모르는데 어떻게 저런 눈빛이 가능하다는 말인가? 혹시 망자라서 그런 것인가?

무명이 의아한 눈빛을 지우지 못하고 있을 때, 광명하사가 입꼬리를 말아 올리며 씨익 미소를 지었다.

순간 쌍장에서 노도와 같은 내공진기가 몰려들어 왔다.

고오오오오!

내공 대결이 잘못되거나 패배를 직감할 때는 최대한 내력을 차단한 뒤 억지로라도 손을 떼어내야 한다.

이전에 황룡방주 황각도 그랬다. 그는 마지막 남은 힘을 다해서 무명의 손을 밀쳤다. 그와 무명의 손바닥은 쩍 하는 소리를 내며 떨어졌고, 덕분에 황각은 내력이 진탕되었지만 목숨을 건질 수 있었던 것이다.

그런데 일부러 내력을 끌어올려서 쌍장으로 퍼붓다니?

설마 광명하사가 무명이 흡성신공을 펼친다는 것을 여전히 깨닫지 못했다는 말인가?

그때였다.

광명하사가 자신의 모든 내공진기를 한 번에 쌍장에 쏟아부었다.

"하아아압!"

"……!"

산을 뒤엎는 해일이 무명을 덮쳤다.

무명은 생각했다. 이걸 위해서였나?

…그래, 좋은 방법이군.

무명이 흡성신공으로 빨아들이기 전에 감당 못 할 내공진기를 한 번에 쏟아붓는다. 위기를 직감한 광명하사가 선택한 구명절초이리라.

엄청난 내력의 흐름이 화산에서 폭발한 용암처럼 무명의 단전을 달궜다.

그런데 무명이 정신이 아득해지는 것을 느낄 때였다.

쿵!

뒤통수를 쇠망치로 때리는 듯한 격통.

나의 패배다. 무명은 격통이 다름 아닌 주화입마에 드는 증거라고 생각했다.

순간 누군가가 전음을 보내는 것처럼 머릿속에 목소리가 들렸다.

몇 번을 익히 들어봤던 목소리.

[눈은 기억한다.]

순간 무명은 전신이 허공에 둥실 떠오르는 느낌을 받았다.

'……?'

마치 소금기가 강한 바닷물에 들어간 것처럼 가라앉지 않고 몸이 둥둥 떠다니는 기분.

동시에 몸은 나른해지면서 손가락 하나 까닥할 힘도 없는데 반대로 의식은 또렷해지는 것이었다.

곧이어 이상한 광경이 눈앞에 떠오르기 시작했다.

주마등인가? 무명은 그렇게 생각했다.

사람은 죽기 전에 자신이 살아온 세월이 한순간에 빠르게 흘러가는 영상으로 보인다고 한다.

또한 영상은 눈 깜짝할 시간 동안 흐르지만 삶의 중요한 순간들을 그림으로 그린 것처럼 정확하게 보여준다고 한다.

죽기 전에 주마등처럼 떠오르는 생애의 영상.

하지만 무명은 숨이 끊어지지 않았다. 오히려 전신에 기운이 흘러넘치는 것을 느꼈다.

'대체 무슨 일이…….'

무명이 영문을 몰라서 의아해하는 찰나.

그가 지금까지 잊고 있었던 과거의 기억, 백령은침을 시술받아서 지워졌던 지난 과거의 풍상이 주마등처럼 눈앞을 스쳐 지나갔다.

무명은 지난 세월을 처음부터 거꾸로 체험하기 시작했다. 마치 과거의 자신으로 다시 환생한 것처럼.

체험 속에서 무명의 과거 이름은 황궁에서 알게 된 것과 똑같았다.

장량이었다.

장량은 스물넷의 나이에 금위군 백호장(百戶將)이 되었다.

백호장은 금위군 일백이십 명을 거느리는 중간 지위의 장교로, 지방의 군대로 치면 백호소에 해당한다고 할 수 있었다.

그런데 그냥 지방 군대가 아니라 황궁을 지키는 금위군이니 나이에 비해 상당한 지위에 올랐다고 할 수 있었다.

장량은 전쟁 통에 어려서 부모를 잃은 고아였다.

가문도 연줄도 없는 그가 금위군 백호장이 된 것은 두 가지 이유 때문이었다.

첫째, 어렸을 때 거지로 떠돌아다니다가 밥이라도 먹기 위해 쟁자수로 들어간 표국에서 표사가 된 일이었다. 무공 재능이 남달랐던 장량은 표사가 되자 금방 표국에서 제일가는 도검수가 되었다.

둘째, 표사로 일하던 중 고관대작을 구해준 일이었다.

장량의 표국이 중원에서 멀리 떨어진 감숙 땅으로 갔을 때였다.

당시 표국은 마적과 한바탕 싸움을 치른 뒤 신속히 후퇴하는 중이었다. 그런데 장량이 정찰을 위해 혼자 척후에 나섰을 때 마적에게 쫓기는 자를 구해주게 되었다.

알고 보니 그자는 황궁에서 일하는 관리였다.

관리의 이름은 유덕홍이었다.

유덕홍이 마적에게 쫓긴 것은 그의 직속 부하가 배신해서였다. 부하는 유덕홍을 마적에게 넘길 흉계를 짰다. 유덕홍이 마시는 술에 수면약을 탄 뒤 곯아떨어진 그를 이불에 싸서 황무지에 버렸던 것이다.

마적은 유덕홍을 인질로 잡아 몸값을 번다. 부하는 유덕홍의 건강이 훼손되어 빨리 은퇴하면 자연히 그 자리를 물려받는다. 아니, 유덕홍이 목숨을 잃고 돌아오지 않는 편이 더욱 좋으리라.

그런데 어디선가 나타난 표사 하나가 일을 망친 것이다.

유덕홍은 목숨을 구해준 은혜를 잊지 않았다.

그는 혼자 몸으로 마적에게 맞선 장량의 무공을 높이 사서 사병으로 들였다. 장량은 아무 연고도 없었기에 도성으로 가서 유덕홍의 사병이 되는 데 걸릴 것이 없었다.

그때가 장량의 나이 열일곱 살 때였다.

하지만 몇 년이 지나자 유덕홍은 장량의 존재를 잊어버렸다. 오만한 고관대작이 일개 사병에게 신경을 쓴다는 것 자체가 이상하리라.

그때 장량의 운명이 다시 한번 바뀌었다.

사병으로 일하던 중 무과에 급제하여 금위군이 된 것이었다.

자신의 식솔이 금위군 장교가 된다고? 유덕홍한테는 공으로 연줄이 생기는 셈이 아닌가?

그것도 그냥 연줄이 아니라 자기 마음대로 부릴 수 있는 금위군 연줄.

그때부터 유덕홍은 친히 장량의 뒤를 봐주었다.

장량은 유덕홍의 배려로 따로 집을 얻고 혼인도 했다. 이후 벼락출세는 아니지만 한 단계씩 차근차근 지위가 높아졌다.

그리고 칠 년이 지난 지금, 금위군 백호장이 된 것이다.

장량은 비교적 젊은 나이였지만 도량이 넓어서 병사들의 신망이 높았다. 금위군 총대장도 백호장에 불과한 그를 불러서 술잔을 나눌 정도였다.

아내와의 금슬도 좋아서 혼인하고 다음 해에 딸이 태어났다. 세 가족은 유덕홍이 마련해 준 도성 외곽에 있는 집에서 살았다.

고아 출신으로 어렵게 자란 장량.

그는 이제 세상 어느 누구도 부럽지 않을 만큼 행복했다.

장량이 백호장이 되고 석 달째 되는 날이었다.

금위군 총대장이 장량을 따로 불렀다.

'또 술자리에 부르시는 건가?'

그는 별생각 없이 총대장 숙소로 향했다.

그런데 총대장이 내린 명령은 괴이하기 짝이 없었다.

"갑을조를 이끌고 하평으로 출동하게."

갑을조(甲乙組)는 백호장 장량이 지휘하는 일백이십 명의 금위군이다.

황궁과 도성은 수천수만이 넘는 금위군과 군대가 지키고 있기 때문에 갑을조 일백이십 명이 빠진다고 해서 큰 문제가 되는 것은 아니었다.

하지만 하평은 도성 외곽에 붙은 작고 평범한 마을이었다.

그런 곳에 금위군이 출동할 일이 뭐가 있다는 말인가?

장량은 의아했지만 상명하복에 따라 묻지 않고 고개를 조아렸다. 그런데 총대장의 수상쩍은 명령은 그것으로 끝이 아니었다.

"하평에 도착하면 이 서찰을 보게."

총대장이 건넨 서찰은 풀을 먹여서 봉투를 봉해놓은 것은 물론, 중간에 열어보면 흔적이 남도록 매듭이 풀려지지 않게 단단히 끈으로 묶여 있었다.

"이게 무엇입니까?"

"작전 명령이 서찰에 적혀 있네."

"작전이 서찰에? 총대장님이 말씀하시는 게 아니라요?"

장량이 참지 못하고 작전에 대해 물었지만 총대장의 목소리는 단호했다.

"하평에 도착하기 전까지 작전은 비밀이네. 도착한 뒤 서찰을 열고 명령에 따르게."

그리고 한마디를 덧붙였다.

"서찰 속에 적힌 것은 황명이네."

황명!

황제가 직접 금위군 총대장에게 구술한 명령을 환관이 기술한 서찰이라는 뜻.

장량은 이마를 바닥에 대며 황제에 대한 예를 갖춘 뒤 서찰을 받았다.

그제야 총대장이 은밀히 부른 까닭이 이해되었다. 황제가

금위군을 시켜서 비밀리에 작전을 수행하도록 명령한 것이
리라.

황제가 직접 명한 비밀 작전.

장량은 가슴속에서 충성심이 솟아올랐다.

"언제 출동합니까?"

"지금 즉시."

총대장은 짧게 대답했다.

서찰을 챙긴 장량은 도성 외곽에 있는 갑을조가 숙식하는
막사로 향했다.

다른 관리였다면 도중에 집에 들렀을 것이나 장량은 그러
지 않았다.

백호장이 된 뒤로 장량은 집에 못 들어가는 날이 잦았다.
오늘 밤도 아내와 딸아이가 집에서 장량을 기다리고 있으리
라.

그러나 황제의 비밀 명령을 한시라도 빨리 수행하는 것이
중요했다.

아내와 딸아이는 내일 해가 뜨면 다시 볼 수 있지 않은가?

장량은 갑을조 병사 일백이십 명을 이끌고 하평으로 출동
했다.

금위군 갑을조가 도성을 떠난 것은 해가 져서 주위가 어두
워질 무렵이었다.

행군하는 중에 부관이 장량에게 물었다.

"대체 무슨 명령이길래 이 밤중에 도성을 나갑니까?"

부관은 양필이란 자로, 장량보다 나이가 일곱 살이나 많았다.

하지만 그는 장량의 실력을 인정하며 깍듯이 존대를 했다. 도에 넘치는 출세보다 자기 분수를 알아야 오래 산다는 게 그의 생각이었다.

장량과 양필은 지위를 떠나서 술자리를 함께할 정도로 사이가 좋았다. 장량에게 부관 양필은 경험 많고 믿음직한 부관이었다.

그러나 이번만큼은 장량도 대답을 얼버무릴 수밖에 없었다.

함부로 황명의 존재를 발설했다가는 대역죄에 해당하니까.

"지금은 말할 수 없네."

"명령도 모르고 출동을 하는 겁니까?"

"그건 아니네. 행군이 끝나면 작전을 말해주지."

"예……."

양필은 미심쩍은 눈빛을 했으나 더는 캐묻지 않았다.

금위군 갑을조는 서쪽으로 행군을 계속했다.

한시도 눈을 붙이지 않고 걷는 강행군. 하지만 기강이 삼엄한 금위군은 한 명도 졸지 않은 채 묵묵히 걸음을 재촉했다.

장량과 양필도 졸음을 쫓기 위해 말 안장에 앉아 얘기를 주고받았다.

"구륜사가 드디어 패퇴하여 서장으로 물러갔다죠?"

"소문은 들었네."

"천만다행입니다. 무림이 몰락하면 우리도 큰일이니까요."

장량은 양필의 말을 들으며 고개를 끄덕였다.

당시 중원의 상황은 최악이었다.

서장 구륜사가 침범해 오자 중원 무림은 무림맹을 중심으로 뭉쳐서 상대했다.

하지만 구륜사는 기이한 무공을 쓰는 고수가 즐비했다. 중원의 문파는 힘도 못 써본 채 구륜사에게 하나씩 격파되었다.

강호의 오랜 암묵적 규율. 관과 무림은 서로의 일에 상관하지 않는다.

그러나 대명제국이 되면서 사정이 달라졌다.

중원 무림은 대명제국 건국에 큰 공을 세웠다. 이후 구대문파와 오대세가는 관과 연줄을 만들기 위해 암투를 벌였다. 무당파는 속가제자들을 금위군에 심었고, 화산파는 황족과 관계를 맺었다.

불문에 몸을 담거나 도사가 되는 등 순수하게 도와 무공을 닦는 문파는 사라진 지 오래였다.

관과 무림은 이제 동전의 양면과 같았다.

때문에 황궁에서도 중원 무림의 동태를 불안한 눈으로 지켜봤다.

그런데 구륜사가 어느 순간부터 패퇴하기 시작했던 것이다.

그 이유는 다름 아닌……

"흑랑성이란 문파가 참여하면서 전세가 기울었다고 들었습니다."

양필이 목소리를 줄이며 속삭였다.

흑랑성.

누가 만들었는지, 언제 생겼는지 아무도 모르는 문파.

연이어 패배를 거듭하던 무림맹은 구륜사와의 결전을 앞두고 흑랑성과 손을 잡았다.

결과는 대성공이었다.

흑랑성의 살수들은 구륜사의 고수들을 무차별로 도륙했다. 이후 기세가 크게 꺾인 구륜사는 연패를 반복하다가 결국 중원에서 발을 떼기로 무림맹과 약조를 맺었다.

문제는 흑랑성 살수들의 정체였다.

"흑랑성의 살수들이 사람이 아니라는 소문이 있습니다."

"소문은 나도 들었네."

황궁에서는 수많은 세작을 구대문파와 오대세가에 심어두고 있었다.

그런데 구륜사 결전을 목격한 세작들의 보고가 하나같이 똑같았다. 흑랑성의 살수들은 인간이 아니라는 것이었다.

"허리가 두 동강 났는데 살아서 움직였다고 하죠?"

"목이 베인 채로 걸어 다닌다는 얘기도 있었지."

"그게 다가 아닙니다. 죽은 시체들이 다시 살아나서 산 사람을 잡아먹었다고 합니다."

양필이 점점 흥분하며 말했다.

"다시 살아난 시체를 망자라고 한답니다. 또한 망자에게 물려서 감염되는 자도 같은 망자로 돌변……."

"그만하게."

장량이 손을 들어 말을 막았다.

"흑랑성이 괴이한 문파라는 것은 알겠으나 망자 얘기는 터무니없는 뜬소문에 불과하네."

"예에……."

"앞으로 내 앞에서 망자 얘기는 꺼내지 말게."

장량이 그렇게 못 박자 양필은 멋쩍게 웃으며 고개를 조아렸다.

최근 항간에 망자에 대한 소문이 떠돌았다. 양필은 물론 금위군 병사들의 입에서도 망자 얘기가 자주 오고 갔다.

하지만 장량은 망자 소문을 일언지하에 무시했다.

죽은 시체가 되살아나서 산 사람을 잡아먹는다고?

제아무리 중원이 넓다고 하나 그런 괴이한 일이 어떻게 가능하다는 말인가?

특히 갑을조 병사들에게 입단속을 철저히 시켰다.

되살아난 시체와 싸우게 될지 모른다? 그런 헛소문에 정신을 빼앗겼다가는 군대의 기강과 사기가 무너지고 말 게 뻔하니까.

중원 땅은 넓어서 이웃 마을도 며칠이 걸리는 곳이 허다하다.

장량은 병사들을 이끌고 부지런히 행군했다.

갑을조가 하평에 도착했을 때는 이미 자시(子時)가 지났을 때였다.

"마침 자시군요. 작전을 펼치기에 딱 좋은 시각입니다."

"그렇군."

갑을조는 하평 마을이 내려다보이는 언덕에 진을 쳤다.

장량은 병사들이 세운 간이 천막에 들어가서 양필을 불렀다.

그리고 품에서 서찰을 꺼내 앞에 놓은 뒤 이마를 바닥에 대며 절을 했다.

눈치가 빠른 양필은 무슨 영문인지 모르나 얼른 함께 절을 올렸다.

장량의 절은 삼두고배로 이어졌다.

양필의 얼굴빛이 대번에 달라졌다. 세 번 절을 하고 아홉 번 머리를 조아리는 삼두고배. 즉, 서찰이 황제가 내린 친서라는 뜻이 아닌가?

삼두고배를 마친 장량은 비수로 매듭을 끊은 뒤 봉투를 열고 서찰을 꺼내 읽었다.

그런데 장량의 얼굴이 딱딱하게 굳었다.

양필이 불길한 기색을 느꼈는지 조용히 물었다.

"무슨 명령입니까?"

"…하평을 불태우라는 명이네."

"네? 마을을 전부 말입니까?"

"그렇네."

장량이 굳은 얼굴로 고개를 끄덕였다.

양필은 잠시 멍하니 있다가 곧 어깨를 으쓱하며 말했다.

"보급품에 화전(火箭)이 이상할 만큼 많이 있더라니 그래서였군요."

그랬다. 갑을조가 출동하기 전에 금위군 총대장은 따로 보급을 명했고 물품 속에는 화전, 즉 불화살이 다른 때보다 유독 많이 포함되어 있었던 것이다.

장량이 그걸 모를 리 없었다.

하지만 마을 하나를 통째로 불태우라는 작전일 줄이야…….

양필이 말했다.

"보아하니 하평은 화전민 마을 같습니다. 어차피 철마다 옮겨 다닐 텐데 겨울도 아니니 별문제 없겠죠. 병사들을 풀어서 마을 사람들을 쫓아낸 다음 불을 지르죠."

그는 대수롭지 않다는 듯 말했는데, 젊은 상관인 장량의 마음을 헤아려 주려는 심사였다.

군대 작전에는 지금보다 더욱 비정한 명령도 적지 않았다.

아군의 큰 피해가 예상되어도 군대를 투입하는 등, 전쟁에 이기기 위해서 소를 희생하고 대를 지키는 것은 어쩔 수 없었다. 양필은 그런 생각으로 장량의 기운을 북돋아주려고 했던 것이다.

하지만 양필이 모르는 사실이 있었다.

"명령은 그게 끝이 아니네."

"네? 그럼 또 뭐가……."

"마을 사람들을 한 명도 빠짐없이 불태우라는 명이네."

"……!"

양필이 경악해서 입을 딱 벌렸다.

그러다가 곧 정신을 차리고 되물었다.

"대체 이유가 뭡니까? 저 마을 사람들이 무슨 대역죄를 저질렀답니까?"

그러자 장량이 싸늘하게 식은 눈빛으로 양필을 보며 대답했다.

"하평에… 망자들이 창궐했다는군."

"마, 망자요?"

양필은 멍하니 장량을 쳐다보다가 목소리를 높이며 말했다.

"말도 안 됩니다! 흑랑성에 있다는 망자가 도성 근처에 왜 나타난다는 말입니까?"

"망자가 빠르게 창궐하여 하평 마을을 전염시켰다고 써 있네. 하평에 있는 사람은 남녀노소 모두 죽은 시체가 되살아난 것이라는군."

"모두 헛소리입니다!"

"헛소리?"

장량이 눈을 부릅뜨며 양필을 노려봤다.

"말조심하게. 이건 황명일세."

"아, 그게 아니라……."

경험 많은 양필이 말을 더듬으며 진땀을 흘렸다. 황명을 헛소리로 치부한다면 대역죄에 해당하니까.

"지금 말은 못 들은 것으로 할 테니 신경 쓰지 말게."

"예에……."

둘은 잠시 말없이 그대로 있었다.

먼저 양필은 망자 얘기에 열을 올렸지만 장량은 뜬소문으로 치부했다.

그런데 지금은 양필이 망자가 창궐했다는 말을 믿지 못하는 반면, 장량은 황명을 받들어야 된다는 충성심으로 둘의 의견이 맞부딪친 것이다.

생각할수록 공교로운 일.

곧 장량이 입을 열었다.

"작전을 시작해야겠군. 서둘러야 빨리 끝낼 수 있겠지."

"……."

아무 대답이 없는 양필의 목에서 침을 꿀꺽 삼키는 소리가 들렸다.

갑을조는 장량의 지휘하에 마을을 내려다보는 위치에 진영을 갖추고 횃불을 밝혔다.

화전에 불을 붙일 준비.

하평은 배후와 양옆이 산으로 가로막혀 있는 지형이었다. 일백이십 명의 병사들이 일제히 화전을 쏘아 불길이 붙는다면 도망칠 곳이 없으리라.

장량은 병사들이 반원을 그리며 마을 입구를 포위하도록 시켰다.

그리고 병사들에게 작전을 명령했다.

"지금부터 눈앞의 마을을 모두 불태운다."

병사들은 잠시 눈빛이 흔들렸지만 금세 평정을 되찾았다. 상명하복. 군인은 명령을 수행할 뿐, 이유를 묻지 않으니까.

그러나 장량이 다음 말을 꺼내자 분위기가 술렁거렸다.

"저 마을은 망자가 창궐했다."

"......!"

"마을 사람들은 남녀노소 할 것 없이 모두 망자다. 망자에게 물리면 감염된다고 하니 접근하는 자는 즉시 목을 베어라."

그 말 역시 서찰에 포함된 명이었다.

작전이 시작되었다.

병사들이 화전의 끝을 횃불에 대어 불을 붙였다.

화전은 화살촉을 떼어내고 두터운 솜뭉치를 둘러서 기름을 흠뻑 묻혀놓는다.

언덕 위에 금세 불꽃들이 타올랐다.

"발사!"

쉬쉬쉬쉬쉭!

일백이십 개의 불줄기가 어두운 밤하늘을 밝혔다.

곧 화전들이 하평의 건물에 박혔다.

후두두두둑! 화전민 마을답게 짚과 나뭇가지를 엮어서 만든 건물이 대부분이었다. 마을 건물들이 순식간에 불타올랐다.

화르르륵!

장량은 병사들에게 두 번째 화전 발사를 명령했다. 이어서 세 번째 화전 발사까지.

도합 삼백육십 발의 화전이 마을 건물로 날아가 박혔다.

방금까지도 평화롭던 마을은 금세 불지옥이 되었다.

"으아아악!"

사람들이 비명을 지르며 건물에서 뛰쳐나왔다.

장량이 양필에게 눈짓으로 명령했다.

양필은 꺼림칙한 눈빛을 지우지 않은 채 병사들에게 사람들을 쏘라고 지시했다.

불타는 건물을 간신히 탈출한 사람들은 나오는 족족 강궁에 맞고 쓰러졌다.

코를 찌르는 기름 냄새와 사람들의 비명 소리가 끊이지 않았다.

어느 정도 시간이 흐르자 강궁을 쏠 필요도 없었다. 건물에서 나오는 사람들의 전신이 불덩이가 되어 있었기 때문이다.

사람들은 영문을 모르는 눈빛을 한 채 죽었다.

병사들의 눈빛 역시 좋지 않았다.

전쟁에서 상대 군인을 죽이는 게 아니라 평범한 백성들에게 강궁을 쏘고 있으니 당연한 일이었다.

비정하기 짝이 없는 초토화작전.

마을 건물이 불타서 한 채씩 쓰러지고 있을 때였다.

어두운 수풀 속에서 그림자 하나가 뛰쳐나왔다.

"아아아악!"

그림자가 비명을 지르며 양필에게 달려들었다.

"조심해!"

촤악! 장량이 검을 뽑아 그림자의 목을 베었다.

다음 순간 그는 흠칫 놀라며 쓰러진 그림자를 쳐다봤다. 그림자가 아직 열 살도 채 안 되어 보이는 여자아이였던 것이다.

꼭 장량의 딸아이만 한 나이의⋯⋯.

양필이 안도의 한숨을 쉬며 말했다.

"감사합니다. 사람이 여기까지… 아니, 망자가 여기까지 나왔군요."

"……."

"망자는 목을 베어도 죽지 않는다고 합니다. 이대로 있을 게 아니라 빨리 시체를 처리해야 합니다."

"그렇게 하게."

멍하니 있던 장량은 그제야 천천히 고개를 끄덕이며 말했다.

양필이 병사를 시켜서 죽은 여자아이를 불태웠다.

그런데 죽은 시체는 되살아나기는커녕 몸에 불이 붙은 채 잿더미로 타버릴 때까지 꿈쩍도 안 하는 것이 아닌가?

장량이 목을 벤 여자아이는 망자가 아니라 멀쩡한 사람이었던 것이다.

여자아이뿐만 아니라 다른 시체들도 마찬가지였다. 마을에서 도망친 사람들은 금위군의 강궁에 맞아 쓰러졌지만 아무도 다시 일어나지 못했다.

화전 수백 발을 맞은 마을은 밤새도록 불길이 활활 타올랐다.

불길이 잦아든 것은 동이 틀 무렵이었다.

장량이 명령을 내렸다.

"삼인일조로 조를 짜서 마을을 수색한다. 아직 불타지 않은 망자는 모조리 죽여라."

화공에 이은 초토화작전.

처억. 병사들이 강궁을 등에 메고 환도를 뽑아 들었다. 금위군 갑을조 일백이십 명은 망자 잔당을 처리하기 위해 마을로 들어갔다.

그런데 마을에는 잿더미로 변한 시신만 있을 뿐 망자는 찾을 수 없었다.

또한 이상한 정황은 하나도 발견할 수 없었다. 하평은 그저 화전민들이 옮겨 다니는 작은 마을에 불과했다.

망자가 창궐한 마을을 불태우라는 황명.

그러나 하평에서는 단 한 명의 망자도 나오지 않았다.

"그만 철수하지."

"예에……."

장량은 병사들에게 철수를 명령했다. 병사들은 신속히 간이 천막을 해체한 뒤 행군에 나섰다.

길을 걸어서 도성으로 돌아오기까지 꼬박 반나절이 걸렸다.

돌아오는 동안 장량과 양필은 한마디 말도 나누지 않았다.

그런데 도성에 돌아온 금위군 갑을조의 앞에 충격적인 일이 기다리고 있었다.

도성 전체가 불타고 있었던 것이다.

"……!"

게다가 방금 붙은 불이 아니었다. 밤새도록 불길이 타올랐는지 도성의 건물들은 이미 잿더미로 변해서 다 쓰러져 가는 중이었다.

금위군 갑을조가 도성을 떠나자마자 불이 났다는 뜻.

장량은 금위군을 이끌고 다급히 황궁으로 향했다.

황궁 역시 마찬가지였다. 건물이 크고 곳곳에 수풀이 우거진 장원이 즐비한 황궁은 불길이 사그라들지 않은 채 계속 타오르고 있었던 것이다.

양필이 황망한 눈빛으로 신음을 흘렸다.

"어, 어떻게 이런 일이……."

"……."

장량도 침음할 뿐 아무 명령도 내리지 못했다.

중원의 웬만한 도시 하나만큼 넓은 황궁.

그런 황궁 전체가 불타고 있는데 어디부터 불을 꺼야 한단 말인가?

장량과 금위군 갑을조는 반쯤 정신이 나간 채 황궁을 수색했다. 불에 타서 죽은 환관과 궁녀들의 시신이 곳곳에 쓰러져 있었다. 황제가 머무는 내원 역시 잿더미로 변해 있었다.

하지만 황제와 다른 금위군은 어디로 갔는지 보이지 않았다.

그 많은 수의 금위군이 하루아침에 감쪽같이 사라져 버린 것이었다. 불타오르는 황궁을 뒤에 남겨둔 채로…….

황제의 명을 받아 움직이는 금위군.

그런데 황제의 생사가 불분명하니 장량은 금위군 갑을조에게 무슨 명령을 내려야 할지 알 수 없었다.

황궁이 불타고 지휘관마저 정신 줄을 놓자 병사들의 눈빛도 흔들렸다.

장량이 멍한 눈으로 불타는 황궁을 수색하고 있는 동안 병사들이 하나둘 진영을 떠나 탈영하기 시작했다.

그렇게 얼마나 시간이 흘렀을까.

어느 순간 장량은 부관 양필마저 곁에 없다는 사실을 깨달았다. 아니, 단 한 명의 병사도 갑을조에 남아 있지 않았다. 가족과 집안이 걱정된 그들은 장량의 휘하를 떠나 각자의 집으로 달려갔던 것이다.

그제야 장량은 정신이 번쩍 들었다.

도성 외곽에 있는 장량의 집. 그를 기다리고 있을 아내와 딸.

장량은 집을 향해 미친 듯이 달렸다.

하필 그의 집은 반대편에 있어서 도성 외곽을 빙 둘러 돌아가야 했다.

간신히 집에 도착한 장량은 충격에 휩싸여서 발을 멈췄다. 그의 집은 오래전에 불이 꺼지고 잿더미만 남은 채였다. 더 이상 탈 것도 없었던 것이다.

장량은 잿더미로 변한 집터로 들어갔다.

…그리고 아내와 어린 딸이 꼭 껴안은 채 죽어 있는 것을 발견했다.

새까맣게 타들어간 시체.

"이럴 리가… 이럴 리가 없어……."

그는 혼잣말을 되뇌이며 두 구의 시체를 살폈다.

그러나 아내와 딸이 분명했다. 쓰러진 시체의 머리 부근에 은비녀가 떨어져 있었던 것이다.

장량은 연고가 없기 때문에 형편이 넉넉하지 못했다. 때문에 유덕홍이 소개해 준 아내는 항상 소박한 나무 비녀를 꼈다.

그런 아내가 안쓰러워서 큰 장이 열릴 때 모처럼 은이 섞인 비녀를 선물해 주었다. 아내는 큰돈을 왜 그런 데 썼냐며 나무랐지만 내심 기쁜지 항상 은비녀를 꽂고 다녔다.

강한 불길에 녹아서 곤죽이 된 은비녀.

장량은 그 자리에 털썩 무릎을 꿇었다.

"꺽… 꺼억꺽……."

무언가 말을 하려고 했으나 목구멍이 턱 막혀서 소리가 나오지 않았다. 눈물 한 방울도 떨어지지 않았다.

그때였다.

우르르르… 콰당탕탕!

잿더미에서 아직 불타지 않고 남은 대들보가 밑으로 떨어졌다. 대들보는 망연자실한 눈으로 아내와 딸을 바라보던 장량의 뒷목을 강타했다.

쿠웅! 우지끈!

장량은 그대로 땅바닥에 엎어지면서 혼절했다.

정신을 잃은 지 얼마나 시간이 흘렀을까.

귓가에 정체 모를 사람들의 목소리가 들리기 시작했다.

"…관복을 보니 금위군 백호장인 것 같습니다."

"살아 있느냐?"

"숨통이 끊어지진 않았습니다. 하지만."

목소리가 잠시 멈췄다가 말을 이었다.

"큰 충격을 받았는지 전신의 기혈이 진탕되었군요."

"주화입마에 걸렸다는 말이냐?"

"그건 아니나 증상은 비슷하리라 봅니다. 또한 목뼈가 부러졌으니 정신을 차린다고 해도 다시는 일어서지 못하는 몸이 될 것입니다."

"그렇군."

목소리를 듣건대 상관과 부하인 것 같았다.

둘의 목소리는 모두 냉랭했으나 특히 상관의 목소리는 위엄이 서려 있어서 범접하기 힘든 분위기가 느껴졌다.

장량은 천천히 눈을 떴다.

흐릿한 시야로 두 명의 인영이 보였다.

두 인영은 화재에서 간신히 탈출했는지 몸 곳곳에 시커멓게

탄 화상을 입고 있었다. 또한 걸치고 있는 옷도 군데군데 불
타 있었는데, 복장이 화려한 것으로 보아 신분이 높은 자들임
을 알 수 있었다.

그런데 한 명이 걸치고 있는 옷이… 황금색의 곤룡포가 아
닌가?

곤룡포. 그중에서도 황금색의 곤룡포를 입을 수 있는 자는
천하에 단 한 명뿐이다.

황제.

눈앞의 인영이 황제임을 직감한 장량은 머리를 조아리고
예를 표하려 했다. 하지만 몸이 움직이지 않았다.

그때 잿더미를 뚫고 또 다른 인영 하나가 나타났다.

그가 황제 앞에 무릎을 꿇으며 말했다.

"폐하, 모두 사라졌습니다! 황궁에 남아 있는 잔당은 한 놈
도 없습니다!"

말투로 보아 황제를 모시는 측근 신하 같았다.

그러자 황제와 함께 있던 다른 신하가 말했다.

"천자의 자리를 노리고 황궁을 불질렀으니 도망친 게 당연
하지요."

"말을 삼가라! 천자는 오직 한 분뿐이신 걸 모르느냐?"

둘의 목소리가 격앙되자 황제가 손을 들며 말했다.

"괜찮다. 천자는 한 명이 아니다."

"하지만……."

"군권을 틀어쥐고 옛 황제를 몰아낸 뒤 제단에 올라 하늘이 자신을 지목했다고 공표하면 새로운 천자가 되는 것이다. 하나도 이상할 게 없다."

"……."

두 신하는 침음한 채 고개를 조아렸다.

그때 황제의 입에서 뜻밖의 말이 튀어나왔다.

"하평은 어찌 되었느냐?"

장량은 깜짝 놀라서 귀를 기울였다.

"도성을 떠도는 금위군이 하나 보이길래 붙잡아서 물어보았습니다."

"그래서?"

"…하평 역시 불타서 재만 남았다고 합니다. 탈출한 사람들도 모두 강궁에 맞아 죽었다고 들었습니다."

"용케도 이매망량의 본거지를 알아냈군."

"환관 중에 세작이 있었던 것 같습니다."

갑자기 황제가 광소를 터뜨리기 시작했다.

"금위군을 매수해서 손발을 묶은 뒤 이매망량을 소탕해서 잔당을 뿌리 뽑는다? 짐의 동생은 항상 준비가 철저했지, 크하하하하!"

웃음소리는 한참 동안 계속되었다.

장량은 그제야 하룻밤 사이에 무슨 일이 벌어졌는지 깨달았다.

황제의 동생, 즉 친왕(親王) 중의 하나가 금위군을 장악하고 역모를 꾀한 것이었다.

아마도 이매망량은 황제가 부리는 비밀조직이리라. 친왕은 이매망량의 본거지인 하평을 불태워서 후환을 없앴다. 금위군 총대장을 매수한 그가 황명이 적힌 서찰을 위조하는 것은 일도 아니었을 것이다.

혹시 하평에 있던 사람들은 이매망량의 처자식이 아니었을까?

황제의 손발을 자르고 비밀조직의 씨를 말리려 한 흉계······.

이후 친왕은 황궁과 도성에 불을 지르고 금위군과 함께 떠났다.

황제가 불타는 황궁에서 숨을 거두는 바람에 동생이 뒤를 이어 비어 있는 황제 자리에 오른다? 역모를 꾸몄다는 소문을 피할 좋은 핑곗거리가 아닌가?

금위군을 장악한 친왕은 고관대작과 중원 무림의 문파와도 손을 잡았으리라.

갑자기 장량은 궁금한 게 생겼다.

하평 작전에 금위군 갑을조를 보낸 것이 우연이었을까?

문득 금위군 총대장의 눈빛이 뇌리에 떠올랐다.

무당파의 속가제자 출신인 총대장은 내공 수위가 높아 항상 눈빛이 번득거렸다. 그런데 서찰을 건넬 때 장량과 시선을 마주치려 하지 않았다.

도성에 연고가 없는 고아 출신 장량.

하평을 불태우도록 시킨 뒤에 버리기 딱 알맞은 사냥개가 아닌가?

황제가 되려고 황궁과 도성을 불태운 친왕.

그를 도와 역모를 꾀한 금위군과 무림 문파들.

그들이 아내와 딸을 죽인 것이다.

장량은 꽉 막힌 목구멍으로 비명을 토했다.

"꺼억꺽……."

피눈물이 흘러도 시원치 않으련만 야속하게도 눈물 한 방울 나오지 않았다.

황제와 두 신하가 그를 내려다보며 말했다.

"이자는 어떡할까요? 역모를 꾀한 놈이니 죽일까요?"

"아니다."

뜻밖에도 황제가 고개를 저었다.

"금위군은 죄다 동생을 따라갔는데 혼자 도성에 남은 걸 보니 대역죄인은 아닌 듯하다."

그러더니 장량을 가리키며 말을 이었다.

"그러나 목뼈가 부러지고 폐인이 되었으니 그냥 두어봤자 얼마 살지 못할 터. 차라리 목을 베어서 고통을 덜어주어라."

"황은이 망극하옵니다."

신하가 장량의 옆에 선 뒤 검을 뽑았다.

그때 장량이 손을 뻗어 신하의 바지 자락을 움켜쥐었다.

탁!

황제와 두 신하가 깜짝 놀란 눈으로 장량을 봤다.

"목뼈가 부러졌다고 하지 않았느냐?"

"신이 잘못 본 모양입니다. 분명 전신이 마비되었을 텐데 어떻게……."

확실히 장량은 하반신이 마비되고 전신이 뒤틀려서 손아귀에 슬슬 힘이 빠지는 중이었다.

그러나 있는 힘을 다해 입을 벌렸다.

"사얼어… 보구를……."

신하가 검을 높이 치켜들었다.

"빨리 고통을 없애주는 편이 낫겠습니다."

그때 다른 신하가 손을 들어 그를 막았다.

"잠깐."

그가 장량의 입술을 유심히 살피더니 말했다.

"살려주시면 폐하의 복수를 하겠습니다… 이렇게 말하고 있습니다."

"독순술인가?"

"그렇습니다, 폐하."

입술의 움직임만 보고 말을 알아차리는 독순술(讀脣術).

신하는 목소리가 나오지 않는 장량의 입술을 보고 무슨 말을 하는지 전한 것이었다.

계속해서 신하가 장량의 입술을 읽었다.

"신에게 복수를 허락하소서. 폐하의 적을 한 놈도 빠짐없이 불태우겠습니다."

"불태우겠다고 했느냐?"

"예, 폐하."

황제가 눈길을 내려서 장량을 봤다.

황제와 장량의 시선이 잠시 공중에서 충돌했다.

한쪽은 얼음처럼 냉랭한 눈빛, 한쪽은 이글이글 타오르는 불길 같은 눈빛.

그러나 두 눈빛에 담긴 뜻은 동일했다.

복수.

곧 황제가 입을 열었다.

"이자를 데리고 간다."

"폐하, 황공하오나 지금은 시간을 낭비할 때가 아닙니다."

"그만. 앞으로 짐의 명에 한마디라도 반대의 말을 꺼내면 대역죄로 여기겠다."

"알겠사옵니다."

"또한 지금부터 짐을 시황으로 칭하라."

"시황?"

"그렇다."

황제의 두 눈이 얼음장처럼 냉기를 뿜어냈다.

"짐은 사람의 몸을 버리고 신이 되었으니 새로운 세상을 여는 황제, 곧 시황이 될 것이다!"

장량은 목소리가 나오지 않는 입을 움직여서 뜻을 밝혔다.

신에게 복수를 허락하소서.

자신을 지금부터 시황이라고 칭하라 명한 황제.

그는 잠시 장량과 시선을 마주친 뒤 두 신하에게 장량을 수습하라고 명했다.

"이자를 데리고 가겠다."

목뼈가 부러진 장량은 이제 손가락 하나 까닥할 힘도 남아 있지 않았다. 게다가 떨어진 대들보에서 불이 옮겨붙는 바람에 전신에 심한 화상을 입고 있었다.

두 신하는 자신들이 걸친 도포를 벗어 장량의 몸을 둘둘 쌌다. 그리고 한 명이 어깨에 장량을 둘러멨다.

자리에서 쫓겨난 황제와 그를 따르는 두 신하.

그리고 폐인이 된 금위군 백호장.

네 명은 사람들의 눈길을 피해서 도성을 빠져나갔다.

그날 이후 네 명의 강호행이 시작되었다.

그들은 도시가 아닌 변방 객잔에 묵은 다음 시장에 들러 갈아입을 의복을 구했다

강호인이 흔히 입는 청의(靑衣).

친왕과 금위군은 불타 죽은 황제의 시신을 발견하지 못할 경우 중원을 샅샅이 뒤지리라. 때문에 네 명은 청건과 청의를 걸치고 평범한 강호인으로 가장한 것이었다.

시황 일행은 객잔에서 하루 이상을 묵지 않고 다음 날 해가 뜨면 바로 길을 떠났다.

황제와 두 신하는 말을 탔고 장량은 작은 수레에 누운 채로 이동했다.

장량은 그들의 대화를 듣고 두 신하가 누구인지 대강 짐작할 수 있었다.

장량의 목을 베려던 자는 직위가 낮은 관리였으나 진짜 신분은 황제 직속의 비밀조직인 이매망량의 수장이었다.

독순술을 쓰던 자는 뜻밖에도 여인이었다.

여인은 황제의 총애를 받는 비빈이었던 것 같았다. 물론 그녀 역시 비빈은 숨겨진 정체일 뿐, 이매망량의 일원으로 무공과 의술이 뛰어난 고수였다.

여인은 장량을 지극정성으로 간호했다.

전신에 화상을 입었던 장량의 건강은 빠르게 호전되었다.

이제 몇 마디 말은 꺼낼 수 있었다. 하지만 목뼈가 부러지는 바람에 전신이 마비된 것은 여전했으며 오른손만 간신히 움직일 수 있는 정도였다.

그런데 시황 일행이 계속해서 북쪽으로 향하는 것이었다.

장량은 그들이 중원을 떠나 새외(塞外)로 나가려는 게 아닐까 짐작했다.

걸음마보다 말 타는 법을 먼저 배우며, 강궁을 귀신처럼 쓰는 무사가 즐비하다는 새외. 그곳에서 군대를 모아 중원에 돌아온다면 빼앗긴 황좌를 되찾을 수 있으리라.

그러나 장량의 추측은 빗나갔다.

"새외에서 군대를 모은다고?"

여인은 장량의 말을 듣자 고개를 저으며 대답했다.

"아니오. 시황 폐하의 군대는 이미 있소."

"어디에 있다는 것이오?"

"지하요."

지하? 장량은 그녀가 무슨 말을 하는지 이해가 안 됐다.

"우리가 가는 곳의 지하에 폐하의 군대가 있소."

"……"

도무지 이해할 수 없는 말들.

그런데 시간이 지나면서 시황 일행의 대화를 듣자 그들의
목적을 알 수 있었다.

"폐하, 환관 곽평이 객잔에 비밀 서찰을 남겼습니다."

"무슨 내용이더냐?"

"친왕이 새 도성을 북경으로 정했다고 합니다."

"후후후, 그렇군."

"모두 폐하의 혜안대로입니다."

시황과 두 이매망량이 불탄 도성에서 탈출한 뒤 처음으로
만면에 미소를 띠고 웃었다.

"새로 천도한 도성 밑에 진짜 황궁이 있다는 사실을 알면
친왕이 어떤 표정을 지을까요?"

"짐의 동생은 항상 찡그린 얼굴이라서 표정이랄 것도 없다."

그들은 역모를 꾸민 친왕을 비웃었다.

장량이 얘기를 들어보니 그럴 만도 했다. 친왕이 천도하려고 하는 새 도성은 실은 시황이 오래전부터 터를 닦아놓은 장소였던 것이다.

그것도 도성 밑의 지하 깊숙한 곳에…….

그 사실을 모르는 채 지하 황궁의 위에 새 도성을 짓고 있으니, 시황이 동생인 친왕을 비웃는 것도 당연했다.

"지하 황궁과 흑랑성만 손에 넣으면 천하는 곧 짐의 것이나 다름없다!"

장량은 시황의 말을 듣고 이 계획이 아주 오래전부터 준비된 것임을 깨달았다.

죽은 자가 되살아난다는 흑랑성.

거기에 더해서 지하 깊숙한 곳에 진짜 황궁이 존재한다니?

중원에는 누구나 알고 있는 오래된 소문이 있었다.

중원을 처음 통일한 진시황제는 불로초를 먹고 불로불사의 몸이 되었다는 얘기였다.

죽지 않는 몸을 가진 진시황제는 아무도 모르는 장소에 거대한 비밀 황궁을 건축했다. 그리고 수십만 명의 병사들을 그곳에 생매장했다.

세상이 어지러울 때 진시황제가 수십만 대군을 이끌고 다시 중원에 나온다는 소문이었다.

눈앞의 시황은 그 소문을 현실화하려는 것 같았다.

마치 자신이 진시황제가 된 것처럼.

그렇다면 또 다른 의문이 생겼다.

지하 황궁과 흑랑성에 정말 군대가 있다는 말인가? 생매장 되었지만 다시 눈을 떠서 시황의 명령을 수행할 군대가?

장량이 의문에 잠겨 있을 때 그들의 대화가 계속됐다.

"환관 곽평에게 연락해라."

"지하에서 그자를 만나실 것입니까?"

"그렇다."

"명을 받들겠습니다."

이매망량의 수장은 고개를 조아리더니 옆에 누운 장량을 보며 말했다.

"이자는 어떻게 하실 생각이십니까? 목을 베고 혈선충을 넣으실 겁니까?"

"아직 때가 이르다."

"그럼 남은 방법은 하나겠군요."

"그렇다. 백령은침을 시술하라."

시황이 고개를 돌려 장량과 시선을 마주쳤다.

"백령은침을 시술받으면 너의 몸이 낫고 특수한 능력을 지니게 될 것이다. 이후 이매망량이 되어 나의 눈과 귀가 되겠느냐?"

"예, 폐하."

장량은 주저 없이 대답했다.

"백령은침 시술은 죽음을 넘어선 고통이 뒤따른다. 그래도 좋으냐?"

"폐하의 복수에 비천한 몸을 바치겠나이다."

반신불수가 되어 혼자 힘으로 움직이지 못하는 몸.

남은 것은 날이 갈수록 깊어가는 복수심뿐.

장량은 다른 선택은 생각지도 않은 채 시황에게 충성을 맹세했다.

"좋다."

시황은 냉랭한 눈빛으로 입가에 미소를 머금었다.

일행은 밤낮을 쉬지 않고 이동을 계속했다. 불탄 도성에서 새 도성 터인 북경까지 가는 데 꼬박 보름이 걸렸다.

드디어 일행은 새 도성이 설 땅에 도착했다.

그런데 여인이 시황과 이매망량 수장에게 절을 올리는 것이었다.

"여기까지 왔으니 큰 위험은 없을 것입니다. 신은 흑랑성으로 가겠습니다."

수장이 그녀에게 검을 주며 말했다.

"임무는 잘 알고 있겠지?"

"예. 새 이매망량이 될 자들을 찾아오겠습니다."

자세한 사정은 모르나 장량은 길을 오는 중에 귀동냥으로 들은 얘기가 있었다.

흑랑성의 지하 뇌옥에는 기이한 능력을 지닌 자들이 감금 되어 있는데, 바로 이매망량이 영약과 독공을 쓰고 인체 시술을 통해서 만든 살수들이었다.

대를 이어 황제에게 충성을 바치는 비밀조직 이매망량.

즉, 흑랑성의 배후에는 이매망량의 암수가 뻗쳐 있었던 것이다.

"흑랑성이 멸문된 후 살수들이 뿔뿔이 흩어졌다고는 하나 흔적을 밟으면 인원을 모을 수 있을 것입니다. 또한."

여인이 잠깐 호흡을 고르더니 말을 이었다.

"폐하의 옥체가 될 몸을 데리고 오겠습니다."

옥체가 될 몸.

길을 오면서 시황은 자신의 몸을 버리고 새 몸으로 옮겨 가겠다는 계획을 몇 번이고 언급했다. 그때만 해도 장량은 사람이 어떻게 남의 몸으로 옮겨 간다는 것인지 이해할 수 없었다.

시황이 목을 베고도 어떻게 죽지 않는다는 것인지는 이해하지 못하고 있었다.

어쨌든 여인의 말을 듣건대 시황의 새 몸이 될 자도 흑랑성에 있는 것 같았다.

"좋다. 지금 당장 떠나라."

"명을 받들겠나이다."

여인이 시황에게 삼두고배를 올렸다.

일행과 헤어지면서 여인은 장량에게 한 번 눈길을 보낸 것이 전부일 뿐 아무 말도 없이 길을 떠났다.

이매망량 수장은 장량을 등에 업은 뒤 시황에게 길을 안내했다.

그들이 향한 곳은 북경 외곽에 있는 한 묘지였다.

셋이 묘지에 도착했을 때는 막 자시(子時)가 지난 한밤중이었다.

"이곳입니다."

수장이 석관의 돌판을 들어서 옆으로 치웠다.

끼이익… 터엉!

"신이 먼저 내려가겠나이다."

"허락한다."

수장과 시황은 텅 빈 구멍 속으로 이어지는 돌계단을 내려가기 시작했다. 장량은 수장이 등에 업은 뒤 밧줄을 칭칭 묶어서 떨어질 염려는 없었다.

돌계단을 내려가자 비좁은 통로가 나왔다. 통로를 한참 걷자 이번에는 천 길 낭떠러지에 붙은 잔도가 나왔다.

일행은 잔도를 타고 밑으로 내려갔다.

잔도 중간에 이르자 절벽과 절벽 사이를 잇는 줄다리가 나왔다.

줄다리를 건너서 동혈을 통과하자 시퍼런 호수가 나왔다. 셋은 물가에 떠 있는 나룻배를 타고 호수를 건넜다.

수장의 등에 업힌 장량은 휘둥그레진 눈으로 사방을 둘러봤다.

지금까지 족히 반 시진을 넘게 이동했다. 그런데 지하는 깊이 내려가면 갈수록 더욱 넓어질 뿐, 끝이 없는 것이 아닌가?

대체 이런 곳을 누가 만들었을까? 아니, 누가 이런 곳을 만들 돈과 권력이 있을까?

있다면 오직 한 명.

뒤에서 따라오고 있는 시황이리라.

그때 시황이 장량의 눈빛을 보더니 생각을 알아차렸는지 말했다.

"이 지하 도시는 먼 옛날 진시황제 때부터 있던 곳이다."

"……!"

"중원의 천자들이 대를 이어가며 이곳을 정비했지. 짐이 만든 곳도 곧 나올 것이다."

시황의 얘기도, 눈앞에 펼쳐지는 광경도 모두 기이하기 짝이 없었다.

호수 중간을 지나는데 수면에 이 층 전각이 떠 있었다.

수장이 전각을 가리키며 말했다.

"새 옥체를 가지기 전까지 이곳에서 쉬시면 됩니다."

"아직 망자들의 정신을 완벽히 조종할 수는 없으니 그리하겠다."

시황이 대답했다.

망자들? 장량은 시황의 말에 고개를 갸웃했다.

하평에 창궐했다는 망자들은 장량과 갑을조를 속이기 위한 거짓말이었다. 그런데 시황이 망자를 언급하다니? 그와 망자는 대체 무슨 관계란 말인가?

호수 반대편에 도착하자 일행은 배에서 내려 이동을 계속했다.

계속해서 비좁은 동혈이 끝도 없이 이어졌다.

그런데 어둠 속에서 괴이한 소리가 들려왔다.

키이이익… 째애애액…….

사람의 것이라고는 상상할 수 없는 괴성.

"짐이 처리하마."

시황이 어둠 속을 바라보며 허공에다 손을 두어 번 휘저었다. 그러자 괴성은 점점 작아지더니 어느새 들리지 않게 되는 것이었다.

계속해서 시황은 괴성이 들릴 때마다 손을 휘저어서 소리의 주인들을 물렸다.

장량의 의문은 더욱 깊어만 갔다.

그렇게 한 시진가량을 걸었을 때.

동혈이 끝나고 일행의 앞에 거대한 지하 도시가 모습을 드러냈다.

"여기가 새 황궁입니다, 폐하!"

"환관 곽평이 일을 제대로 했구나. 그에게 큰 상을 내려야겠다."

"황은이 망극하나이다."

중원의 절반을 이동하는 동안 냉랭하기만 하던 둘의 목소리가 흥분에 들떠 있었다.

장량도 둘의 기분을 십분 공감했다.

높은 담장이 사방에 둘러서 도시를 막고 있으며, 거리에는 건물이 즐비하고 여기저기 수풀이 우거진 장원이 들어서 있었다. 또한 건물을 따라 패어 있는 홈으로 기름이 흐르는지 곳곳에 횃불이 불을 밝히고 있었다.

지하 깊은 곳에 있는 거대한 황궁.

이런 곳에서 천하를 통치한다고 생각하면 그 누구인들 흥분하지 않을까.

그러나 한 가지 의문이 끊임없이 뇌리를 맴돌았다.

황궁을 왜 지상이 아니라 지하에 만들었단 말인가? 제아무리 웅장하다고 해도 삼백육십오 일 햇빛 한 점 들지 않는 곳이 아닌가?

"곧 환관 곽평이 올 시각이옵니다. 호수로 돌아가시지요."

시황과 수장은 몸을 돌려 왔던 길을 돌아갔다.

호수에 도착하자 일행은 배를 타고 다시 물을 건넜다.

시황은 도중에 있는 전각에서 배를 내렸다.

"짐은 여기서 쉬고 있겠다."

"그리하시옵소서."

그는 무슨 영문인지 몰라도 정신력 소모가 극심한지 피곤

한 기색이 역력했다.

수장은 계속 노를 저어서 배를 몰았다.

드디어 호수 반대편에 배가 도착했을 때, 그곳에는 한 명의 환관이 기다리고 있었다.

환관이 씨익 웃으며 말했다.

"오랜만이오, 광명상사."

호수 반대편에는 한 명의 환관이 이매망량의 수장을 기다리고 있었다.

아마도 지하 황궁 건설을 지휘했다는 환관 곽평이리라.

환관이 미소를 지으며 말했다.

"광명상사, 용케도 황제를 모시고 이곳까지 오셨군요."

광명상사. 잘은 몰라도 이매망량 수장의 직함일 것이다.

"이제 황제 폐하라 칭하지 마시오."

"그럼?"

"폐하께서 시황이라고 칭하라 명하셨소."

"시황? 새 세상의 첫 황제라, 과연 폐하다운 말씀이군요."

곽평은 환관 특유의 간드러지는 목소리로 존대를 했으나 그 말투 속에 오만한 기색이 어려 있었다. 오랜 세월 동안 황제를 옆에서 모신 자의 도도함이 몸에 배어 있는 것이었다.

"그럼 시황 폐하를 만나야지요. 호수 안의 전각에 계십니까?"

"그렇소. 한데 먼저 할 일이 있소."

"무엇입니까?"

곽평이 묻자 광명상사가 배에 누워 있는 장량을 고갯짓으로 가리키며 말했다.

"저자에게 백령은침을 시술해 주시오."

"호오, 새 이매망량이 될 자입니까?"

곽평은 배로 다가오더니 눈을 가늘게 뜨고 장량을 살폈다. 그리고 한 번 훑어본 것만으로 장량의 상태를 줄줄이 늘어놓았다.

"목뼈가 부러져서 전신이 마비되었군요. 그냥 놔두면 평생 일어설 수 없는 몸이 됩니다. 또한 외공은 제법 괜찮은 수준이나 내공 수련이 부족한 탓에 충격을 받아 주화입마에 걸렸군요. 하지만."

그가 광명상사를 돌아보며 말했다.

"백령은침을 시술받는다면 얘기가 달라지지요."

"그렇소."

"알겠습니다. 그럼 백령은침을 주시지요?"

곽평이 광명상사를 향해 손을 내밀었다.

그런데 광명상사는 품에 손을 넣기는커녕 조용히 고개를 젓는 것이었다.

"그동안 만든 백령은침을 모두 써서 남아 있는 것이 없소."

"뭐라고요? 그럼 무슨 수로 시술을 하란 말씀입니까?"

"방법이 하나 있지."

광명상사가 검지로 자신의 목뒤를 가리켰다.

"내 백령은침을 빼서 저자에게 넣으시오."

"뭐, 뭐라고?"

오만한 곽평이 입을 딱 벌리며 놀랐다.

그러다가 곧 눈을 가늘게 뜨며 말했다.

"광명상사, 백령은침을 함부로 제거했다가는 어떤 후유증이 뒤따르는지 설마 모르시는 겁니까?"

"잘 알고 있으니 당신은 시술이나 하시오."

"명을 따르지요, 흐흐흐."

곽평이 고개를 조아리며 웃음을 흘렸다.

장량은 그의 음흉해 보이는 미소가 왠지 꺼림칙했다.

광명상사가 장량의 몸을 일으켜서 앉은 자세로 만들었다. 그러자 곽평이 장량의 뒤로 돌아가며 품에서 무언가를 꺼내 배 위에 늘어놓았다.

좌르르륵.

둘둘 싸인 흰 천을 풀자 기괴한 도구들이 모습을 드러냈다.

곁눈질로 등 뒤를 살피던 장량은 흠칫 놀랐다. 천에는 가늘고 날카로운 침과 칼이 수십여 개 놓여 있었는데 하나같이 소름 끼치는 모양을 하고 있었기 때문이다.

곽평이 장량의 시선을 알아차리고 말했다.

"시술이 시작되면 절대 뒤돌아보지 마십시오. 괜히 봤다가 오줌을 지려서 바지를 적시면 곤란하지 않겠습니까? 흐흐흐."

소름 끼치는 도구만큼이나 기분 나쁜 말.

그때 광명상사가 장량에게 다가오더니 말했다.

"당신은 이제 이매망량으로 새로 태어날 것이오. 준비는 됐소?"

"예."

장량은 흔들림 없이 말했다. 그런데 이어지는 광명상사의 말이 이상했다.

"내 백령은침을 시술받으면 당신은 곧 내가 될 것이오."

"그게 무슨 뜻입니까?"

"시술이 끝나면 자연히 알게 되오. 단지 이것만은 기억하시오."

광명상사가 장량의 귓가에 입을 바싹 갖다 대고 속삭였다.

"눈은 기억한다."

"눈은 기억한다……."

"그렇소. 이 말만 떠올리면 언제든지 내가 될 수 있을 것이오."

광명상사는 말을 끝낸 뒤 장량과 등을 마주 보는 자세로 앉았다.

곽평이 둘 사이에 들어가서 시술을 하는 모양새였다.

"그럼 시작하겠습니다."

곽평이 길고 가느다란 검을 쥐더니 광명상사의 목뒤를 수직으로 길게 베었다.

쭈우우욱.

이어서 갈라진 목 틈새로 고리가 달린 침을 쑤셔 넣었다.

어른 손바닥만큼 기다란 침이 광명상사의 목뒤로 모두 들어갔다.

순간 곽평이 침을 빙글 돌리며 빠르게 빼냈다.

드드드득.

뼈가 갈리는 소리가 나면서 심하게 굴곡진 침이 고리에 걸려 나왔다.

"오랜만에 보는 백령은침이군요."

곽평이 미소를 흘리면서 백령은침의 끝을 양 손가락으로 잡아챘다.

그리고 반대로 몸을 돌려 앉으며 장량에게 말했다.

"준비되셨습니까? 시작합니다."

"……."

장량은 자기도 모르게 침을 꿀꺽 삼켰다.

"백령은침을 넣는 과정은 빼낼 때보다 두 배는 더 힘들지요."

곽평이 검으로 장량의 목뒤를 수직으로 베었다. 그런 다음 기다린 꼬챙이 두 개를 갈라진 틈에 넣고 좌우로 젖혔다. 시술하기 쉽도록 틈새를 벌리는 것이었다.

시술이 진행되는 동안 광명상사는 혹시 곽평이 수작을 부릴 것을 염려하여 검을 들고 뒤에 서 있었다.

만약 곽평이 다른 마음을 품는다면 주저 없이 검이 날아가 목을 베리라.

그 사실을 곽평도 잘 아는지 재빠른 손놀림으로 시술을 계속했다.

그가 이번에는 비비 꼬인 꼬챙이를 상처 틈새에 넣고 빙글빙글 돌리기 시작했다.

까드드드득.

"……!"

장량은 격심한 고통에 몸을 떨었다. 만약 전신이 마비되지 않았다면 벌떡 일어나며 몸서리를 쳤으리라.

"참으십시오. 뼈에 구멍을 내고 있으니 아프지 않을 도리가 없지요, 흐흐흐."

곽평의 어두운 웃음소리를 듣자 장량은 오기가 생겼다.

이후 장량은 곽평이 무슨 짓을 해도 신음은커녕 꿈쩍하지 않았다.

"호오, 비명을 낼 법도 한데 신음 소리 하나 내지 않는다고요?"

곽평이 조각도를 틈새로 집어넣어 뼈를 깎았다. 까각, 까각.

"화타가 뼈를 깎아 독을 발라낼 때 무신 관우는 태연히 바둑을 두었다고 하더니 지금 모습이 딱 그러하군요."

뼈에 구멍을 모두 냈는지 곽평이 광명상사에게서 뽑은 백령은침을 집어 들었다.

그러더니 뜻밖의 질문을 했다.

"이름이 무엇입니까?"

"…장량이오."

"이제 과거의 장량은 사라질 것입니다."

곽평이 뼈를 깎은 구멍으로 백령은침을 집어넣었다.

순간 장량은 천둥 벼락을 맞은 것처럼 전신을 부르르 떨었다.

"……!"

머리 뒤쪽부터 시작해서 강렬한 전기의 흐름이 장량의 몸 속 구석구석으로 퍼져 나갔다.

그때 광명상사의 목소리가 전음처럼 들렸다.

[눈은 기억한다.]

동시에 장량의 뇌리에 엄청난 정보가 쏟아져 들어오기 시작했다.

쏴아아아아!

광명상사가 몸에 익히고 수련한 무공 초식.

중원 모든 문파의 무공과 그 무공을 파훼하는 수법.

중원의 모든 병장기를 다루는 법과 그 파훼법.

세작 활동에 필요한 지식.

암기 수법, 독을 쓰는 법, 인피면구 제작법.

그 외에도 광명상사가 평생을 두고 공부한 무공과 지식이 장량의 머릿속에 밀물처럼 흘러들어 왔다.

장량은 그제야 광명상사와 환관 곽평이 말한 게 무슨 뜻인지 깨달았다.

백령은침을 시술받으면 과거의 장량은 사라지고 새 인간이 될 것이다.

이제 그는 장량도 광명상사도 아니었다.

오직 시황의 명에 따라 복수를 행하는 이매망량의 살수로 다시 태어난 것이었다.

"휴우, 다 끝났군요."

곽평이 손을 흔들어 핏물을 털며 말했다.

옆에서 광명상사가 고개를 내밀어 장량의 목뒤를 살폈다.

"제대로 시술했소?"

"물론입니다. 이 곽평을 뭘로 보시고 그런 말씀을?"

"그런데 왜 꼼짝도 안 하는 것이오?"

"시술은 완벽했습니다. 단지 적응하는 데 시간이 필요해서겠지요."

곽평이 음흉한 미소를 흘리며 말을 이었다.

"그보다 몸은 괜찮으신지요?"

"…괜찮소. 그걸 왜 묻지?"

"제가 알기로는 백령은침을 제거하면 후유증이 심하다고 하던데요? 과거 기억을 깡그리 잃거나 무공을 소실하여 변변한 초식 하나 출수하지 못한다고 하던데, 사실입니까?"

"당신이 알 필요 없소."

"그나저나 백령은침을 뺀 지 밥 한 끼 먹을 시간이 지났군요."

"무슨 말이 하고 싶은 거지?"

"지금쯤이면 몸과 정신이 말을 듣지 않을 것 같은데, 아닙니까?"

"확실히 몸이 좀 안 좋은 것 같군……."

광명상사가 발을 헛디디며 몸을 비틀거렸다.

곽평이 웃음을 흘리며 가는 꼬챙이를 치켜들었다. 순간 광명상사의 신형이 사라지는가 싶더니 어느새 곽평의 앞에 나타나 일검을 출수했다.

쉬익!

"이런 빌어먹을!"

곽평이 욕설을 내뱉으며 꼬챙이를 들어 막았다.

까앙! 곽평은 간신히 광명상사의 검을 쳐냈으나 검이 그의 팔뚝을 스치는 것까지는 막지 못했다.

선수필승. 광명상사의 급습이 성공했다.

하지만 그는 더 이상 검을 뻗지 못하고 바닥에 무릎을 꿇었다.

"크흐흐, 드디어 올 게 왔군."

곽평이 꼬챙이를 들고 광명상사에게 다가갔다.

"백령은침을 제거해도 일초를 날릴 힘이 남아 있을 줄은 몰랐다. 하지만 큰 상처도 아니고 검에 독도 묻어 있지 않은 것 같으니 너의 패배다."

"네놈… 감히 폐하를 배신할 셈이냐?"

"배신? 누가 황제고 누가 역적이지? 나는 황상을 보위해서 역적을 잡은 것뿐이다."

"역적은 친왕이다."

"글쎄. 권력을 쥐면 천자의 자리쯤은 하늘이 내려주는 것."

곽평이 연신 웃음을 흘리면서 말을 이었다.

"사람은 배를 잘 갈아타야 하지. 그런데 광명상사가 스스로 백령은침을 빼서 폐인이 되겠다고 나서니, 이 또한 하늘이 준 기회가 아닌가? 크흐흐흐!"

그는 처음부터 시황을 배신할 기회를 노리고 지하 도시로 찾아온 것이었다.

곽평의 배신을 돕는 셈이 된 백령은침 시술.

그가 절호의 기회를 마다할 리 없었다.

광명상사가 냉랭한 목소리로 말했다.

"지금까지 무공을 익힌 것을 숨기고 있었군."

"의술은 무공과 일맥상통하는 법. 침술, 점혈 모두 무공과 같은 이치지."

곽평이 품에서 무언가를 꺼냈다.

그것은 어른 엄지와 검지를 동그랗게 만 크기의 푸르스름한 고리였다.

광명상사가 눈빛을 번득이며 외쳤다.

"그, 그것은 설마……!"

"역시 이매망량의 수장이라 견식이 높군. 그렇다, 빙옥환이다!"

휘익! 곽평이 호수를 향해 빙옥환을 던졌다.

날아간 빙옥환이 호수에 빠졌다.

하지만 풍덩 하는 소리는 나지 않았다.

빙옥환이 호수에 닿는 찰나, 주변의 수면이 빠르게 얼어붙기 시작했던 것이다.

와직, 와직, 와직……

호수는 빠른 속도로 얼어붙었다.

작은 빙옥환 하나가 호수 물 전체를 얼리고 있는 것은 직접 눈으로 보고도 믿기 어려운 장면이었다.

"빙옥환을 물에 넣으면 만년빙으로 바뀐다고 하던가? 크흐흐."

물결이 찰랑대던 호수는 곧 시퍼런 빛을 반사하는 얼음장으로 탈바꿈했다.

빙옥환이 뿜어내는 냉기가 얼마나 강한지 호숫가에 있는

광명상사와 곽평이 한기를 느낄 정도였다.

곧이어 곽평이 광소를 터뜨렸다.

"크하하하! 자신을 시황이라 칭하라고? 이름 한번 잘 지었군. 얼음 속에서 영영 나오지 못하는 첫 번째 황제가 되었으니 말이다!"

"네놈⋯⋯."

"내가 시황이 망자인 걸 모를 줄 알았더냐?"

광명상사가 노려보자 곽평은 더욱 웃음을 흘리며 말했다.

"망자가 되어서 불로불사하겠다고? 천만의 말씀! 망자도 약점이 있지. 바로 한기다!"

곽평이 검지로 꽝꽝 얼어붙은 호수를 가리켰다.

"지하 도시 곳곳에 한빙석을 둘러서 혈귀 놈들이 함부로 이동하지 못하도록 막아놨다. 시황은 그냥 혈귀가 아니겠지만 명령자도 한계가 있지. 빙옥환의 한기는 제아무리 시황이라고 해도 뚫고 나오지 못할 것이다!"

"⋯⋯."

"저 한기 속에서 오랜 시간을 보내면 망자인 시황은 백치나 다름없게 될 터! 그럼 목을 벨 필요도 없이 황제에게 갖다 바치면 그만이다, 크하하하하!"

곽평은 끝없이 광소를 터뜨렸다.

그때 광명상사의 신형이 재차 곽평에게 달려들었다.

타앗!

"헹! 무공을 소실한 몸으로 덤벼봤자 자살행위나 다름 없……."

그런데 곽평이 무엇을 봤는지 말을 삼켰다.

그에게 달려들어 일장을 출수한 것은 광명상사가 아니라 장량이었던 것이다.

그걸 깨달은 곽평이 비웃음을 흘렸다.

"지금 막 백령은침을 시술받은 몸으로 내게 덤비겠다고? 지나가는 개가 웃을 수작!"

곽평이 장량을 향해 꼬챙이를 뻗었다.

먼저 광명상사의 일검을 꼬챙이로 막아냈던 곽평.

그는 환관이자 의원이지만 동시에 무공 고수이기도 했다.

그가 출수한 꼬챙이가 전광석화처럼 장량의 양미간을 노리고 날아들었다.

쉬이익!

"옳거니!"

기다란 꼬챙이가 장량의 두 눈썹 사이를 꿰뚫고 뇌수를 찔렀다.

…고 생각한 것은 곽평의 착각이었다.

순간 장량의 신형이 흐릿해지더니 꼬챙이를 피해서 곽평의 옆에 나타나는 것이 아닌가?

곽평이 기겁하며 소리쳤다.

"부동명왕보?"

부동명왕보(不動明王步)는 전혀 걸음을 걷지 않으면서 순간 적으로 몸을 움직여 다른 자리로 이동하는 보법이다.

보법 중에서 최고 경지라고 해도 무방한 수법.

그런데 장량이 부동명왕보로 일초를 피했으니 곽평이 경악하는 것도 무리가 아니었다.

그가 입을 딱 벌리며 외쳤다.

"이건 말도 안 돼! 백령은침 시술로 무공 초식을 전달받으려면 시간이 필요하다고!"

그 말에 장량이 무표정한 목소리로 대답했다.

"시간이 이미 다 되었나 보지."

"……!"

장량은 계속해서 부동명왕보의 수법으로 곽평의 주위를 맴돌았다.

팟, 팟, 팟.

그의 뇌리 속에 한마디 말이 전음처럼 들렸다.

[눈은 기억한다.]

장량은 이제 광명상사가 평생 습득한 무공을 출수하는 데 거리낌이 없었다.

원래 그는 어려서부터 무공 재능이 출중했다.

잡일만 하는 쟁자수로 표국에 들어가서 금세 표사가 되었으며, 유덕흥을 마적에게서 구출한 뒤 무과에 급제하여 금위군이 된 장량.

만약 명문정파의 제자나 유명세가의 자식이었다면 그는 중원 무림을 이끌어갈 후기지수가 되는 데 부족함이 없었으리라.

때문에 장량의 타고난 신체가 백령은침을 통해 광명상사의 무공 초식을 이어받는 데 그리 오랜 시간이 걸리지 않았던 것이다.

곽평도 광명상사도 전혀 예상치 못한 일.

장량이 곽평의 사방을 돌며 권격을 날렸다.

쉬이이익!

다섯 번의 권격이 곽평의 전신을 사정없이 두들겼다. 퍼퍼퍼퍼펵!

"크헉!"

곽평이 몸을 휘청이며 비명을 토했다.

하지만 그도 만만한 상대가 아니었다. 곽평은 나려타곤의 수법으로 재빨리 바닥을 굴러서 장량의 포위망을 벗어났다. 그리고 백령은침을 시술하던 가느다란 검을 잡아챈 뒤 역공을 퍼부었다.

"죽어랏!"

곽평이 양손에 각각 꼬챙이와 세검을 들고 장량을 공격했다.

꼬챙이는 일직선으로 찌르기에 용이하다. 반면 세검은 상하좌우로 휘둘러서 상대의 급소를 베는 병기다.

곽평의 좌우 양손에서 서로 다른 형태의 초식이 출수되었다.

쉬쉬쉭!

꼬챙이는 장량의 미간과 심장을 꿰뚫고자 노렸고, 세검은 목덜미와 손목의 동맥을 끊어버리려는 기세로 날아왔다.

그러나 장량은 공세를 피하기는커녕 오히려 정면으로 뛰어들었다.

순간 그의 신형이 기이하게 움직이더니 꼬챙이와 세검이 그리는 궤적을 아슬아슬하게 비끼면서 뒤로 흘려보내는 것이 아닌가?

"뭐, 뭐야?"

곽평이 의문을 토했지만 때는 이미 늦어 있었다.

곽평의 코앞에 나타난 장량이 검지를 뻗어 세 군데의 요혈을 점혈했다.

쿠쿠쿡!

"허업……."

곽평은 토하던 숨을 삼키며 뒤로 세 걸음을 물러섰다.

그런데 요혈 세 곳을 점혈당한 곽평이 전신이 마비되지 않았는지 그대로 삼 장 뒤로 몸을 날려서 장량의 후속 공격을 피하는 것이었다.

"빌어먹을! 하마터면 큰일 날 뻔했군."

"……."

장량은 말없이 지그시 곽평을 노려보았다.

그가 곽평을 점혈하는 데 실패한 원인을 정확히 아는 자는 바로 광명상사였다.

백령은침은 평생 두뇌에 저장된 기억과 공부를 전달할 수는 있으나, 몸으로 체득해서 단전에 쌓은 내공까지 전수할 수는 없었던 것이다.

평생 황궁 밥을 먹은 곽평은 눈치가 빨랐다.

"크흐흐, 내공이 없이 외공만으로 초식을 출수하니 점혈이 통할 리 있나?"

그는 장량의 수법을 단 한 번 본 것만으로 그의 약점을 알아차린 것이었다.

"내공 없이 외공만 쓰는 것은 모래 위에 쌓은 탑과 같은 법!"

장량의 약점을 깨달은 곽평이 이번에는 선공에 나섰다.

타앗!

"받아랏!"

곽평은 꼬챙이와 세검을 내던진 뒤 장량에게 쌍장을 뻗었다.

내공이 없는 적을 상대해서 쌍장을 출수한다. 적은 피하는 방법밖에 도리가 없다. 만약 장량도 쌍장을 출수해서 맞선다면 곽평으로서는 오히려 감사할 따름.

그런데 장량이 정말 쌍장을 뻗으며 곽평의 수법을 상대했다.

곽평은 회심의 미소를 흘렸다.

"내공이 없는 몸으로 장법 대결을 펼치겠다고? 정말이지 미친놈이로구나!"

장량과 곽평의 쌍장이 허공에서 부딪쳤다.

쩌억!

둘의 양 손바닥이 밀가루 반죽처럼 찰싹 맞붙었다.

곽평은 있는 힘을 다해 내력을 손바닥으로 불어 넣었다.

"크하하하하⋯⋯."

순간 그는 무언가 일이 잘못되었다는 것을 느끼고 멈칫했다.

내공진기가 손바닥을 통해 빠르게 사라지는 것이 아닌가? 그의 단전이 얼음물 속에 빠진 것처럼 급속도로 식어갔다.

눈치 빠른 곽평은 무슨 일이 벌어졌는지 깨달았다.

"이건 설마 흡성신공⋯⋯!"

그랬다. 백령은침만으로 내공까지 전수할 수 없는 사실은 광명상사도 잘 알고 있었다. 때문에 이매망량의 수장은 대대로 비밀리에 흡성신공을 수련했다.

평소에는 적의 내공을 흡수해서 자기 것으로 만들도록.

또 백령은침을 전수한 뒤 내공이 없는 자가 빠르게 내공을 갖추기 위해서.

지금 장량은 무의식중에 광명상사의 기억에 포함된 흡성신공의 요결을 쌍장으로 펼치고 있는 것이었다.

"이런 제길… 크아아악!"

곽평이 젖 먹던 힘을 다해 쌍장으로 내력을 뿜어냈다.

그러자 찰떡처럼 맞붙었던 둘의 손바닥이 굉음을 내며 떨어졌다.

퍼엉!

"헉헉… 빌어먹을 이매망량 놈들, 내 오늘 일은 절대 잊지 않으마!"

곽평이 숨을 몰아쉬며 일갈했다.

그가 흡성신공에서 벗어날 수 있었던 까닭은 장량이 막 백령은침을 시술받았기 때문이다. 만약 차 한 잔 마실 시간만 있었더라면 흡성신공을 완벽히 터득한 장량의 신체가 절대 곽평을 놓아주지 않았으리라.

곽평이 그 사실을 모를 리 없었다.

그는 재빨리 몸을 돌려서 잔도로 향하는 동혈로 들어갔다. 그리고 뒤도 돌아보지 않은 채 도망쳤다.

장량은 곽평을 쫓으려다가 흠칫하며 발을 멈췄다.

"……?"

두 발이 천근만근처럼 무거워서 바닥에서 떨어지지 않는 것이 아닌가?

그 바람에 장량은 곽평을 놓치고 말았다.

뒤에서 광명상사가 말했다.

"흡성신공 때문이오."

"…흡성신공."

"그렇소. 생전 처음 남의 내공을 흡수했기 때문에 몸이 경직된 것이오. 하지만 내공을 얼마 흡수하지 못했으니 마비는 금세 풀릴 거요."

광명상사의 말대로 장량의 몸은 곧 정상으로 돌아왔다.

장량이 무감정한 목소리로 물었다.

"환관을 뒤쫓아서 잡아야 하오."

"그를 잡는 것은 무리요."

광명상사가 고개를 저으며 말했다.

"그가 장법을 쓰지 않고 병장기만으로 공격한다면? 외공만으로 그를 오래 상대할 수는 없을 것이오."

"하지만……"

"또한 이 지하 도시는 그가 설계했소. 그가 이상한 장소로 들어간다면 당신은 길을 잃고 영영 미아가 되겠지."

장량도 그 말에는 침묵할 수밖에 없었다.

중원의 대도시만큼 넓은 황궁이 있는 지하 도시. 곽평이 거미줄처럼 얽힌 동혈 속으로 들어간다면 무슨 수로 그의 뒤를 밟을 것인가?

그때 광명상사가 뜻밖의 말을 했다.

"나는 곧 죽소."

장량이 의아한 눈으로 물었다.

"왜? 환관한테 딱히 공격받은 것은 없지 않소? 그게 아니면 백령은침을 뺀 후유증 때문이오?"

"아니. 이것 때문이오."

광명상사가 팔을 들어 상의를 벗었다.

순간 장량은 두 눈을 크게 뜨며 놀랐다. 광명상사의 가슴 한복판에 새까만 손바닥 자국이 도장을 찍은 것처럼 새겨져 있는 게 아닌가?

"그 상처는 대체……."

"형산파의 비전무공인 육상장이오."

"육상장(六傷掌)?"

"십성의 공력이 실린 육상장을 맞으면 육육은 삼십육, 즉 삼십육 일 뒤에는 오장육부가 파괴되어 전신의 구멍에서 피를 흘리고 목숨이 끊어지지."

"……!"

장량은 입을 벌리며 침음했다.

그러고 보니 불탄 도성에서 탈출한 지 오늘로 딱 삼십육 일 째였다.

"황궁에서 시황 폐하를 모시고 도망치다가 형산파의 고수에게 육상장을 맞았소. 과연 형산파의 비전무공은 명물허전이 군… 쿨럭!"

광명상사가 한 모금의 붉은 선혈을 토했다.

육상장을 맞은 지 삼십육 일째 되는 날. 그런데 백령은침 시술까지 받는 바람에 육상장의 효과가 급속도로 진행되었던 것이다.

옛 도성을 떠나 강호행을 하면서 유독 신경이 날카로웠던 광명상사.

장량은 이제야 그 이유를 깨달았다.

그는 목숨이 다하는 날짜가 점점 다가오고 있으니 시간을 허비할 수 없었던 것이다. 죽기 전에 시황을 모시고 지하 황궁에 도착해야 했으니까.

그런데 기껏 지하 황궁에 왔더니 환관 곽평의 배신으로 시황은 빙옥환 호수에 갇혔고 자신은 육상장으로 죽어가는 신세이니…….

광명상사가 연신 피를 토하며 바닥에 쓰러졌다.

하지만 그의 눈빛만은 강렬했다. 그가 장량의 얼굴에 형형한 안광을 뿜어내며 말했다.

"이제부터 당신이 광명상사다."

"……!"

"시황 폐하는 세간에서 말하는 망자의 몸을 얻으셨다."

"한번 죽은 시체가 되살아난다는 망자 말이오?"

"죽은 게 아니라 불로불사의 몸이지. 진시황제 때부터 중원의 모든 황제가 그토록 바랐던 신체다."

광명상사의 말투가 점점 하대를 하며 엄숙하게 바뀌었다.

자신의 백령은침을 이어받은 장량. 이제 그는 장량을 자신의 뒤를 이을 이매망량의 수장으로 인정하는 것이었다.

"하지만 폐하는 더욱 젊은 몸을 원하신다. 흑랑성에 폐하를 위한 신체가 있다. 그자의 목을 베고 폐하의 목을 옮기거나 또는 백령은침으로 혼백을 옮기실 것이다."

"흑랑성……."

백령은침을 시술받은 장량의 뇌리에 광명상사의 기억이 옛 과거처럼 떠올랐다.

"문제는 불로불사가 되면 한기에 약하다는 것이다."

"환관이 빙옥환으로 호수를 얼린 게 그 때문이었군."

"너도 빨리 불로불사의 몸을 얻어라. 그래야만 시황 폐하를 호수에서 꺼낸 다음 지하 황궁에 모실 수 있다."

"나도 망자가 되라는 말이오?"

"그렇다. 흑랑성으로 간 광명하사를 찾아라. 그녀가 네가 망자가 되도록 도울 것이다."

광명상사는 이제 입으로 선혈을 토할 뿐만 아니라 눈과 코와 귀의 구멍에서도 피를 흘리고 있었다.

남은 목숨이 얼마 남지 않았다는 뜻.

그의 목소리가 더욱 강박하고 다급해졌다.

"망자에게 물려서 혈선충이 감염되면 망자가 될 수 있다. 하지만 운이 나쁘면 혼백을 잃고 방황하는 혈귀가 될 터. 광명하사가 목을 베고 혈선충을 직접 넣어주는 방법이 가장 좋……."

그때 장량이 광명상사의 말을 부정하며 잘랐다.

"아니. 나는 망자가 되지 않겠소."

"뭐라고?"

"망자가 되면 빙옥환 호수를 부수기는커녕 접근하기도 힘들지 않소?"

"그건 그렇다."

"또한 이매망량의 임무가 폐하를 지하 황궁에 모시는 것뿐이오? 아니면 폐하께서 다시 천자의 자리에 앉으실 수 있도록 하는 것이오?"

"……"

"망자가 되어서는 그 모든 일을 완수할 수 없소."

장량의 두 눈이 기이한 빛을 발했다. 그의 머릿속에 이미 방대하고 치밀한 계획이 세워지고 있었던 것이다.

장량이 광명상사의 검을 집어 들며 얼음처럼 차가운 목소리로 말했다.

"옛 이매망량의 수장, 그럼 편히 쉬시오."

촤악. 광명상사의 목이 떨어졌다.

장량은 잠시 시황이 갇혀 있는 호수 전각을 바라보더니 몸을 돌렸다. 그리고 동혈 속으로 들어가 사라졌다.

그날부터 장량의 복수 계획이 시작되었다.

장량은 광명상사의 목을 베고 이매망량의 새로운 수장이

되었다.

그로부터 칠 년 뒤.

언제부터인가 중원에 망자비서에 대한 소문이 떠돌았다.

망자비서를 얻는 자가 천하를 지배한다는 소문.

그때는 이미 흑랑성에서 나온 망자들이 점점 중원의 도시를 잠식해 들어가고 있었다.

그런데 죽지 않는 시체들을 조종할 수 있는 비서가 있다고? 강호인들은 너 나 할 것 없이 시뻘게진 눈으로 망자비서를 찾아다녔다.

하지만 소문이 누구 입에서 나왔는지, 어디에서 시작되었는지 아는 자는 아무도 없었다.

눈발이 세게 날리는 엄동설한의 어느 날.

황궁에서 환관 한 명이 종종걸음으로 처소로 돌아가고 있었다.

칠 년 전에 황궁이 불타고 황제가 죽었다. 그의 동생이었던 친왕이 새 황제의 자리에 오른 뒤 불탄 황궁을 버리고 지금의 도성으로 천도했다.

그리고 새로운 황궁을 건설했다.

새 황궁은 이전보다 더욱 화려하고 복잡했다.

때문에 건물과 화원 사이로 난 길은 미로처럼 복잡하게 얽혀 있었다. 그러나 새우처럼 등을 구부린 환관은 지름길만 찾아서 빠르게 걸었다.

차 한 잔 마실 시간이 지났을 때, 환관은 자신의 처소에 도착했다.

"빌어먹을. 눈발 한번 사납군."

환관이 욕설을 내뱉으며 문을 닫았다.

황궁은 밤에도 기름불이 곳곳을 환하게 밝혔으며 도처에 금위군이 경비를 서고 있어서 도둑은 절대 발을 들일 수 없었다.

또한 환관의 처소는 누추하고 검소해서 도둑이 들어도 훔쳐갈 것이 없을 정도였다.

그런데 무슨 이유인지 환관은 문에 고리를 건 뒤 자물쇠로 단단히 잠그는 것이었다.

철컥.

환관은 그제야 가슴을 쓸어내리며 안도의 한숨을 쉬었다.

"휴우, 오늘 하루도 무사히 지나갔군."

그가 턱을 치켜들며 굽은 등을 곧게 폈다. 그러자 환관 특유의 구부정한 자세는 사라지고 오만한 고관대작의 풍모가 나타났다.

황궁은 벽에도 눈과 귀가 있다. 환관이 오랜 세월 황궁에서 살아남을 수 있었던 이유는 남의 눈을 속이는 재주가 뛰어났기 때문이다.

그때였다.

짝짝짝.

갑자기 방 안의 어둠 속에서 박수 소리가 들렸다. 환관이 깜짝 놀라 몸을 돌렸다.

"누구냐?"

"환관 나리의 역용술은 듣던 대로 명불허전이오."

스윽. 어둠 속에서 그림자가 걸어나왔다.

환관이 벽에 걸린 기름불을 낚아채서 그림자를 살폈다.

순간 그의 입이 떡 벌어졌다.

"네, 네놈은 설마……."

"오랜만이오, 환관 곽평."

그림자가 얼음처럼 냉랭한 목소리로 말했다.

기름불이 그림자의 얼굴을 환하게 밝혔다. 흰 살결에 청수한 이목구비. 강호인이 아니라 평생 글을 읽은 서생에 어울리는 용모였다.

하지만 몸에 걸친 흑의가 빳빳하게 각이 서 있는 것으로 보아 그 속에 탄탄한 근육질 신체가 들어 있음을 짐작할 수 있었다.

그림자의 정체는 바로 장량이었다.

"지하 도시에서 헤어진 지 딱 칠 년만이군."

"……."

"왜 그리 말이 없으시오? 멀리서 옛 친구가 찾아왔는데 기쁘지 않소?"

장량은 친한 친구에게 인사하듯 말했으나 그의 목소리는

얼음장처럼 차가워서 듣는 이의 가슴을 서늘하게 만들었다.

"당신이 계속 환관으로 있을 줄은 미처 몰랐소. 나는 당신이 중원을 떠나 멀리 도망간 줄 알았지 뭐요? 운남이나 서장 같은 곳으로."

장량이 어깨를 으쓱거리며 말했다.

"등잔 밑이 어둡다는 말을 잘도 이용했더군. 당신을 찾는데 시간이 좀 걸렸지."

"…그래서 칠 년 만에 나를 찾아온 건가?"

환관 곽평이 처음으로 대화를 꺼냈다.

장량이 고개를 저으며 대답했다.

"아니오. 행방은 그 전에 알았으나 할 일이 많아서 이제야 온 것이오."

"무슨 할 일?"

"성정이 급하시군. 그거야 천천히 얘기하면 될 일이오."

장량이 천천히 방 안을 둘러봤다.

"침상과 탁자 빼고 가구 한 점 없는 방이라고? 고작 이런 걸 위해 시황 폐하를 배신한 것이오?"

"흥! 수년간 내 행방을 뒤쫓았다면서 아무것도 모르는군."

곽평이 조금은 기세가 살아난 목소리로 말했다.

"재산을 방에 두는 자가 세상에 어디 있나? 이 방은 내가 검소한 환관처럼 보이도록 일부러 꾸며놓은 곳이다!"

그 말에 장량이 고개를 끄덕였다.

"대도시의 전장 네 곳에 재산을 나누어서 보관해 둔 게 그 때문이었소?"

"네놈이 그걸 어떻게⋯⋯."

"여전히 낮은 직위에 있는 것도 남의 눈을 속이기 위해서였 겠군. 와호장룡. 귀인은 세상 사람 눈에 띄지 않게 숨어 있다 고 하더니, 당신을 두고 한 말 같소."

"⋯⋯."

곽평은 입을 다물고 침묵했다.

장량이 하는 말로 보아 자신에 대한 정보와 재산을 낱낱이 조사한 것이 틀림없었기 때문이다.

"하나 묻고 싶은 게 있소."

장량이 곽평에게 질문했다.

"칠 년 동안 시황 폐하를 현 황제에게 바치지 않은 것은 무 엇 때문이오?"

"⋯⋯."

"이미 재산을 모을 만큼 모았으니 만일의 경우, 이를 테면 대역죄인으로 몰리거나 할 때를 위해서 아껴둔 것이오? 그때 시황 폐하를 바쳐서 황제의 신임을 받으려고?"

"네놈은 예전 광명상사보다 머리 회전이 빠르군, 크흐흐."

침묵하고 있던 곽평이 웃음을 흘리며 입을 열었다.

"맞다. 사람들은 옛 황제가 불에 타서 죽은 걸로 알고 있으 나 실은 실종된 상태지."

"그 사실을 알고 있는 현 황제는 걱정에 밤잠을 못 이루고?"

"크흐흐, 잘도 아는구나."

그때 장량의 다음 말이 곽평의 웃음을 쑥 들어가게 만들었다.

"하지만 지하 도시는 이제 당신 혼자서 들어갈 수 없는 곳이 되었지. 비록 빙옥환 호수에 갇혔지만 명령자이신 시황께서 오자 지하 도시의 망자들이 깨어나서 활동을 시작했으니까."

"네놈……."

"당신이 시황 폐하를 현 황제에게 넘기지 않은 것은 좋게 봐주겠소."

장량이 피식 웃으며 말했다.

곽평은 무슨 생각을 하는지 잠시 침묵하더니 곧 진지한 목소리로 입을 열었다.

"이름이 장량이라고 했지?"

"그렇소만."

"내 말 잘 듣게. 황제는 천도한 뒤 중원의 권력을 틀어쥐셨다. 무당과 화산도 무림맹을 나와서 관과 연줄을 만든 지 오래야."

"알고 있소."

"이미 칠 년이 지났어, 칠 년! 옛 황제를 지금 누가 알겠나?

그동안 이매망량 소식도 들리지 않았지. 광명상사야 백령은침을 자네한테 옮겼으니 얼마 못 가서 죽었을 테고, 다른 이매망량이 누구 남아 있나?"

"불행히도 아직 만나지 못했소."

"그것 보게! 게다가 자네는 애초에 이매망량도 아니었지 않나?"

곽평이 입꼬리를 말아 올리며 웃음을 흘렸다.

"중원이 생기고 황제가 몇 명 있었는지 아는가? 황제가 바뀌는 건 다반사일세."

"맞는 말이오."

"내가 섭섭하지 않게 한 밑천을 떼어주지."

"평생 다 쓰지도 못할 만큼이오?"

"이제 말이 통하는군. 재산뿐 아니라 나와 함께 황궁에서 일하세. 자네가 이어받은 광명상사의 능력이면 부귀영화를 누리는 것은 시간문제이네!"

"좋은 제안이군. 그런데 하나 추가하고 싶은 게 있소만?"

"그게 뭔가?"

"망자비서를 찾아내 황제에게 바치는 것은 어떻소?"

"뭐라고? 설마 망자비서의 행방을 찾아냈다는 말인가?"

"칠 년 동안 놀고 있지 않았소."

"오오! 과연 이매망량의 능력은 명불허전이군!"

곽평이 호들갑을 떨며 기뻐하는 것도 당연했다.

망자비서를 찾아낸 자가 처소로 자신을 찾아왔다? 그야말로 호박이 넝쿨째 들어온 셈이 아닌가?

장량이 말을 이었다.

"중원의 강호인이 다들 망자비서를 찾고 있더군. 명문정파는 물론, 강호의 삼류 무사들까지 모두. 그래서 내가 행방을 알아보았소."

"망자비서를 얻는 자가 천하를 손에 쥐니 당연한 일이지!"

곽평이 맞장구를 쳤다.

그런데 장량의 말이 조금씩 이상해졌다.

"당신도 황제의 명을 받아 망자비서를 찾고 있지 않소? 구대문파와 오대세가에 심은 세작만 열네 명. 황궁과 금위군에 심은 세작까지 합하면 도합 스물네 명. 많이도 동원했더군."

"…그것까지 조사했나?"

"혹시 하나둘 놓쳤는가 싶었는데 얼굴을 보니 스물네 명이 맞는 모양이오."

"그렇네."

"황제는 망자가 걱정돼서 밤잠도 못 이룬다고 들었소만? 게다가 점점 소심해져서 망자비서를 찾아오라고 금위군을 닦달하고 말이오."

"자네, 모르는 게 없군."

"그렇소? 그럼 하나 더 말해주지. 망자비서의 위치가 기록된 지도가 황궁에 있소."

"크흐흐, 그래서 나를 찾아왔군."

곽평의 두 눈이 반짝 빛났다.

"좋다. 황궁 일은 내가 처리하마. 망자비서를 손에 넣으면 우리 둘이 황제를 구워삶을 수 있을 거다. 그럼 천하는 우리 것이 된다!"

그런데 장량이 천천히 고개를 젓는 것이었다.

"거절하겠소."

"뭐라고? 왜?"

"망자비서 같은 건 세상에 없소."

"……!"

곽평이 입을 딱 벌리며 경악하더니 곧 눈을 가늘게 뜨고 장량을 노려봤다.

"믿을 수 없군. 그런 말로 나를 속이려고 드는 건가?"

"정말이오. 망자비서는 없소."

장량이 얼음장처럼 냉랭한 목소리로 말을 이었다.

"망자비서에 대한 얘기는 칠 년 전에 내가 꾸며낸 헛소문이오."

"뭐, 뭐라고……."

"망자와 관련된 비서는 제갈세가에 있다는 흑랑비서가 유일하오. 제갈세가는 흑랑비서의 비술을 세상에 공개하지 않았지. 그래서 내가 칠 년 동안 강호를 떠돌면서 소문을 퍼뜨렸소."

"……."

"내 생각은 적중했소. 강호의 문파는 서로 망자비서를 얻겠다며 무림맹을 탈퇴했지. 황제도 더는 금위군을 믿지 못하지. 금위군 총대장이 망자비서를 얻으면 스스로 황제가 되려고 할 테니까."

곽평은 자기도 모르게 신음성을 흘렸다.

장량의 말이 맞았다. 지난 칠 년 동안 황궁과 강호는 망자비서 다툼으로 쑥대밭이 되었던 것이다.

각 문파의 스승은 제자더러 망자비서를 찾아오라고 시켰다. 하지만 제자를 믿지 못하고 다른 제자를 보내 감시하도록 명령하기 일쑤였다. 물론 제자들 역시 망자비서를 얻으면 스승을 배신할 생각을 품었다.

아무도 믿지 못하는 세상.

망자비서를 얻으면 천하를 손에 쥔다는 소문이 그 시작이었던 것이다.

처음에는 장량의 얘기를 믿지 못하던 곽평도 점점 표정이 달라졌다.

"모든 게 네놈의 수작이었군……."

황궁에서 오랜 세월 눈치를 보며 살아온 곽평은 장량의 말이 사실이라는 걸 깨달았던 것이다.

"수작? 심계라고 해주면 고맙겠군."

"세상이 네놈 하나의 수작에 놀아나서 어지러워지다니 믿을 수 없군."

"그건 내 탓이 아니오."

"개소리 말아라!"

"정말이오. 만약 강호인이 천하를 손에 넣으려는 욕심을 부리지 않는다면 망자비서가 있든 없든 세상은 평화롭지 않겠소?"

"……."

곽평은 허망한 표정으로 입을 다물었다. 장량의 말이 옳았기 때문이다.

"나는 굶주린 개들 앞에 망자비서란 고깃덩이를 던져주었을 뿐이오."

장량이 계속해서 말을 이었다.

"강호가 어지러워지자 무림맹도 가만있을 수 없었는지 망자비서를 찾는다는 소문이 있소. 나는 무림맹과 연줄을 만들어서 지하 도시를 잠행할 생각이오."

"크흐흐, 네놈 속이 뻔히 들여다보이는군."

곽평이 다시 음흉한 웃음을 흘리며 말했다.

"보아하니 네놈은 망자가 아니렷다? 하긴, 망자가 되면 소림사와 제갈세가가 지키고 있는 무림맹에 함부로 발을 들이지 못하겠지."

"그렇소."

"무림맹에 들어가려는 것은 혼자 몸으로 잠행이 불가능하기 때문이지? 시황 때문에 지하 도시는 이제 망자가 득시글거릴 테니까."

"맞소."

"칠 년 동안 잘도 흉계를 꾸몄군."

"쉽지 않았소. 망자비서 소문을 퍼뜨려야지, 황궁과 강호 사정을 파악해서 계획을 세워야지, 백령은침으로 이어받은 무공도 수련해야지, 하루가 금세 지날 만큼 바빴지."

"한데 무림맹이 네놈 수작에 놀아날 정도로 호락호락할까?"

"그건 당신이 걱정할 일이 아니지."

그때 곽평의 눈빛이 얼음장처럼 냉랭해졌다.

"죽어랏!"

곽평이 장량에게 몸을 날리며 손을 뻗자 그의 옷소매에서 기다란 침이 튀어나와 장량의 양미간으로 날아갔다.

쉬이이익!

어른 손바닥을 두 개 합친 길이의 기다란 침이 장량의 양미간을 향해 날아들었다.

의술과 무공을 둘 다 수련한 곽평이 날린 회심의 일초.

그러나 일초는 허무하게 파훼되었다.

장량이 날아오는 침을 검지와 엄지만으로 가볍게 붙잡았던 것이다.

탁!

"칠 년 동안 무공은 하나도 안 늘었군, 환관 나리."

상대를 비웃는 장량의 말.

하지만 곽평은 놀라기는커녕 입꼬리를 말아 올리며 씨익 미소를 지었다.

"무공은 안 늘었을지 몰라도 암기 수법은 많이 수집했지!"

곽평이 두 손목을 빙글 돌려서 장량을 겨냥했다. 다음 순간 옷소매 속에서 수십 발이 넘는 철심이 발사되었다.

티티티티팅!

귀청을 찌르는 굉음.

동시에 코를 찌르는 매캐한 화약 냄새와 연기가 방 안을 가득 메웠다.

"크흐흐, 맛이 어떠냐? 이건 당문에서 구해온 폭우이화정이다!"

사천당문의 유명한 암기 장치인 폭우이화정.

황궁의 숨은 실세인 곽평은 항상 암살 위협에 떨면서 지냈다. 그는 막대한 자금을 써서 사천당문의 암기를 구한 다음 옷소매에 장치하고 다녔다. 언제 살수가 방에서 기다리고 있을지 모르니까.

그런데 오늘 당문의 암기를 써서 이매망량의 살수를 끝장낼 줄이야!

그야말로 대박을 터뜨린 셈.

곽평은 호기롭게 광소를 터뜨렸다.

"과연 폭우이화정의 위용은 명불허전이군! 천금을 쓴 게 아깝지 않구나, 크흐흐흐……."

그런데 방 안을 메운 자욱한 연기가 걷히는 찰나, 곽평의 웃음소리가 싹 사라졌다.

수십 발의 철심을 맞아 고슴도치 꼴이 되었어야 할 장량이 멀쩡한 모습으로 서 있는 것이 아닌가?

"설마……."

곽평은 자신이 잘못 봤나 싶어 눈을 한두 번 감았다가 떴다.

하지만 틀림없이 장량은 미동도 않고 서 있었다.

"폭우이화정을 맞고 살아난 자는 강호에 한 명도 없었다. 그런데 네놈이 어떻게……."

"그 말은 지금부터 고쳐야겠군."

장량이 두 손을 들어 올리더니 주먹을 활짝 폈다. 그러자 손아귀에서 수십 발의 철심이 소낙비처럼 바닥에 쏟아지는 것이었다.

후두두두둑.

"살아난 자가 한 명 있는 것으로."

"……!"

곽평이 입을 떡 벌리며 경악했다.

반면 장량은 별것 아니라는 듯 무표정한 시선으로 그를 쳐다봤다.

곧이어 곽평이 이성을 잃은 눈빛으로 장량에게 몸을 날

렸다.

"으아아아아!"

곽평이 혼신의 힘을 기울여 쌍장을 뻗었다.

하지만 장량은 그의 쌍장을 피하지 않고 가만히 있었다.

그러다가 쌍장이 가슴을 강타하려는 찰나 자신도 쌍장을 뻗어서 곽평의 장법에 대항했다.

쩌어억!

둘의 쌍장이 한 치의 어긋남 없이 맞붙었다.

이어서 흡성신공이 시전되었다.

쏴아아아!

맞붙은 쌍장을 통해 곽평의 내공진기가 빠르게 흘러 나갔다.

장량이 피식 쓴웃음을 지으며 말했다.

"칠 년 전에 무슨 일이 있었는지 잊었던 모양이군."

그러나 다음 순간 장량의 두 눈썹이 심하게 꿈틀거리며 일그러졌다.

"……?"

"크흐흐흐… 칠 년 동안 나는 놀고 있었는 줄 아느냐……."

내력이 흡수당하는 와중에 곽평이 목소리를 떨며 말했다.

"중원을 뒤집어놓은 네놈의 심계는 확실히 대단했다. 하지만 나도 이매망량에 대항할 수법 하나쯤은 마련해 두었지."

"…이건 설마 한빙공?"

"그렇다! 세상이 바뀐 걸 모르고 날뛰는 이매망량 놈에게 주는 내 마지막 선물이다!"

한빙공(寒氷功)은 단순히 극음지기의 내력이 아니었다.

일 갑자의 경지에 오르면 내공진기를 뿜어서 물을 얼음으로 만들 수 있다는 한빙공.

때문에 강호인은 내공 대결에서 가장 강력하고 음험한 수법으로 한빙공을 제일로 꼽는 데 주저하지 않았다.

즉, 지금 곽평의 쌍장을 통해서 장량의 단전에 얼음이 쌓이고 있는 셈이었다.

단전과 혈맥을 꽝꽝 얼려 버리고도 남는 극한의 한빙진기가……

"굳이 쌍장을 출수한 게 이래서였군."

"크흐흐, 이제 알았냐? 하지만 때는 늦었다!"

곽평이 오만하게 일갈했다.

"빨리 쌍장을 떼고 흡성신공을 멈춰라! 그리하면 내 은혜를 내려서 네놈을 수하로 거두고 지난 일은 묻지 않겠……"

흡성신공을 깨부술 비책으로 칠 년 동안 한빙공을 연마한 곽평의 심계는 성공을 거두었다. 하지만 그가 미처 예상하지 못한 게 있었다.

갑자기 곽평이 무엇을 깨달았는지 목소리를 흐리며 말을 멈췄다.

"네, 네놈 설마?"

"후후후."

장량은 입을 다문 채 냉랭한 미소를 지으며 대답을 대신했다.

쌍장을 통해 한빙진기가 흘러 들어오는데도 장량은 쌍장을 떼기는커녕 흡성신공을 더욱 빠르게 연공했던 것이다.

쏴아아아아!

곽평의 단전에서 내공진기가 폭포수처럼 쌍장으로 흘러가 사라졌다.

"이럼 안 돼! 네놈, 설마 둘 다 죽자는 거냐?"

"둘 중 누군가 하나는 살겠지. 하지만."

장량이 한기가 서려서 고드름이 맺힌 입가를 움직이며 말했다.

"설령 둘 다 죽으면 또 어떻소? 이 풍진 세상을 떠날 수 있는 좋은 기회가 아니오?"

"……!"

곽평이 경악하는 눈으로 장량을 쳐다봤다.

하지만 흡성신공에 내공을 빨리고 있는 터라 발가락 하나 꼼짝할 수 없는 상황.

"헉……."

곽평의 입에서 외마디 신음성이 새어 나왔다.

그의 단전은 이미 텅텅 빈 지 오래.

전신의 혈맥을 도는 기운도 남김없이 흡수당하자 곽평의 얼굴과 몸이 바람 빠진 풍선처럼 쭈그러들기 시작했다.

쭈우우우욱…….

곽평의 동공이 힘을 잃고 눈꺼풀 속으로 들어갔다.

곧 그의 얼굴과 몸은 말라비틀어진 고목나무처럼 미이라로 탈바꿈했다. 그제야 찰떡처럼 맞붙었던 쌍장이 힘없이 떨어졌다.

털퍽. 미이라가 된 곽평의 몸이 바닥에 쓰러졌다.

옛 황제의 명을 받고 새 도성 밑에 거대한 지하 도시를 건설한 환관 곽평.

그는 역모를 꾸민 새 황제 편으로 갈아타서 부귀영화를 얻었다. 빙옥환으로 시황을 얼음 호수에 가두는 것은 물론, 황궁에서 숨은 실세로 활약하며 권모술수를 부렸다.

그러나 권불십년 화무십일홍.

아름다운 꽃이 열흘을 넘기지 못하듯이 십 년 이상 가는 권력도 없다는 뜻.

그 말처럼 곽평은 새 황제 밑에서 십 년을 넘기지 못하고 목숨이 다했다.

자신이 배신한 이매망량의 마지막 살수에 의해서.

"후우우우."

장량은 길게 숨을 내쉬었다.

흡성신공으로 흡수한 내공은 단전에 이미 있던 내력과 합치는 과정이 필요했다. 때문에 시간을 두고 운기조식을 행해야 했다.

문제는 곽평의 내력이 한빙진기라는 점이었다.

장량의 입가와 귓볼에는 땀과 습기가 얼어서 길게 고드름이 되어 있었다. 냉기가 그의 전신을 급속도로 얼리고 있는 중이었다.

이대로 시간이 흐르면 목인상처럼 뻣뻣이 굳은 채 영영 움직이지 못하게 될 터.

장량은 있는 힘을 다해 팔을 들었다.

그리고 손목을 빙글 돌려서 스스로 자신을 점혈했다.

파파팍!

검지가 순식간에 요혈 세 군데를 찍었다.

그러자 단전에서 뜨거운 기운이 올라오며 얼어붙은 심장이 다시 뛰기 시작했다.

쿵, 쿵, 쿵.

그제야 장량은 안도의 한숨을 내쉬었다.

하지만 문제가 모두 해결된 것은 아니었다.

"흡성신공을 파훼하려고 한빙공까지 익혔을 줄은 몰랐군."

한빙공은 위력이 강한 대신 수련할 때 극한의 고통을 겪는다고 한다. 때문에 일 갑자 수준까지 연성하는 것도 힘들 뿐더러, 고수가 드물어서 배우기조차 힘들다는 내공심법이었다.

그런데 칠 년 만에 한빙공을 고수급으로 수련했으니, 환관 곽평이 어떤 고초를 겪었을지 상상이 안 됐다.

그때였다.

미이라가 되어 쓰러진 곽평의 시체가 입을 벌렸다.

"한빙진기가… 네놈 혈맥을… 얼려 버릴 것이다……."

그는 마지막 숨결이 남아 있는지 다 죽어가는 목소리로 저주를 퍼부었다.

"그날이 오면… 네놈도 끝이다… 앞으로 일 년? 백 일? 크 흐흐흐……."

"……."

장량은 굳은 얼굴로 곽평의 말을 들었다.

한빙공에 당한 자는 한 달을 못 채우고 전신의 혈맥이 얼어붙어서 죽음에 이른다.

강호의 흑점에서 들은 소문.

만약 그 소문이 사실이라면 곽평의 말도 거짓 허세가 아니리라. 당장은 한빙진기를 가라앉혔으나 언제 혈맥을 얼리기 시작할지 알 수 없었다.

그렇다면…….

"시간이 없군."

목숨은 아깝지 않았다. 그보다 죽기 전에 할 일이 남아 있었다.

그때 곽평이 다시 말을 꺼냈다.

"네놈의 백령은침 부작용은 더 심해질 것이다."

한번 입을 열자 목이 트였는지 그는 숨이 끊어지는 와중에도 킬킬거리며 말을 이었다.

"간혹 환청이 들리지 않냐?"

"……."

"또한 갈수록 기억이 흐릿해지지 않냐? 남의 백령은침을 억지로 머리에 쑤셔 넣었으니 오래 살지 못하는 몸. 그런데 한빙진기를 흡수했으니 부작용은 더욱 빠르게 나타날 터, 크흐흐흐!"

"말 끝났소?"

"그렇다. 나는 이제 편히 눈을 감지만 네놈은……."

순간 장량이 고개를 저으며 말을 잘랐다.

"아니. 당신도 나와 같이 지하 도시에 잠행할 것이오."

"뭐라고? 네놈 대체 무슨 생각을……."

장량이 더는 대꾸하지 않고 몸을 돌렸다. 그러더니 방구석에 놓아둔 어떤 물건을 들고 곽평 앞으로 다가왔다.

바닥에 쓰러진 채 눈알을 굴려서 물건을 보던 곽평은 그만 기겁하고 말았다.

"그, 그것은 설마……!"

"잘 아는군. 혈선충 단지요."

장량이 품에 손을 넣는가 싶더니 비수를 꺼내 재빨리 곽평의 목을 베었다.

툭.

고목나무처럼 말라붙은 곽평의 목이 속절없이 떨어졌다.

이어서 장량이 혈선충 단지를 목에 갖다 댔다.

쐐애애액!

단지에서 굵은 혈선충 다발이 뿜어져 나오기 시작했다.

곽평을 제거한 장량은 다음 계획을 착수했다.

바로 황궁에 잠입하는 것이었다.

곽평에게도 말했듯이 그의 계획은 단지 시황을 구출하는
게 전부가 아니었다.

"황궁과 명문정파를 이끄는 자들이 누구인지 낱낱이 조사
해야 한다. 그래야만……."

세상에 대한 복수가 가능하다.

아내와 딸이 불길 속에서 죽어가도록 내버려 둔 세상을 향
한 복수.

그것이 장량이 세운 계획의 최종 목표였다.

그러기 위해서는 신분을 숨긴 채 황궁에 잠입하는 것이 필
수였다.

장량은 이미 몇 년 전에 환관 중에서 자신과 이름이 같은
자를 찾아냈다.

마침 외모도 장량과 비슷했다.

환관 특유의 흰 살결에 청수한 듯 무심해 보이는 얼굴.

장량과 환관이 서로 바뀐다면? 말단 하직 환관의 얼굴이 조금 달라졌다고 신경 쓰는 자는 아무도 없으리라.

장량은 뇌물을 써서 환관을 포섭했다.

이제 환관을 황궁에서 빼낸 뒤 중원에서 멀리 떨어진 땅으로 보낼 생각이었다. 만약 그자가 중원에 계속 남아 있으려고 하면 쥐도 새도 모르게 없애면 그만이다.

그리고 환관 장량으로 신분을 바꾸고 황궁에 잠입한다.

환관이 되면 황궁의 약점을 잡을 수 있으리라. 무엇보다 금위군의 동태를 살필 수 있다는 것이 큰 장점이었다.

다음 차례는 무림맹이었다.

무당파와 화산파가 빠졌다고 해도 무림맹은 여전히 강호의 중심이었다.

특히 소림사와 제갈세가의 동태를 파악하는 게 시급했다. 망자 창궐 진압에 가장 힘을 쓰는 곳이 두 문파였기 때문이다.

문제는 무림맹이 흑랑성에 보낸 잠행조였다.

장량이 다른 이매망량을 만나지 못했다고 한 말은 반은 맞지만 반은 거짓이었다.

"광명하사가 잠행조를 조심하라고 했지."

이매망량은 중원 각지의 전장에 연락처를 두고 있었다. 광명하사와는 칠 년 전에 헤어진 이후 다시 본 적이 없었다. 하지만 그녀는 정기적으로 전장에 서찰을 두어서 상황을 전했던 것이다.

그녀가 최근 보낸 서찰에 홍미로운 내용이 있었다.

[흑랑성에서 탈출한 살수 두 명을 찾아내서 이매망량으로 만들었어요.]

[하지만 가장 강하고 위험한 자는 무림맹이 포섭했어요.]

[무림맹에 잠입하려면 그자를 피해야 될 거예요.]

[그자의 이름은 이강이에요.]

3장.

복수의 시작

광명하사가 보낸 서찰에는 무림맹이 최근 포섭한 자를 주의
하라고 적혀 있었다.

그자의 이름은 이강.

장량이 이어받은 광명상사의 기억 속에도 이강이란 자가 있
었다.

숱한 살생을 저질러서 붙은 별호, 적월혈영.

명문정파의 고수를 무참히 죽여서 강호 사대악인으로 낙인
찍힌 자.

광명하사의 서찰에 따르면 이강은 흑랑성의 지하 뇌옥에
감금되어 있었다는 것이다.

사실 이매망량과 흑랑성은 하나의 조직이라고 해도 무방했다.

이매망량은 황제 옆을 지키며 암살 작전을 수행한다. 흑랑성은 이매망량의 계획에 따라 사람을 실험해서 살수로 만든다.

배후에서 흑랑성을 조종하던 이매망량.

그런데 새 황제가 옛 황제를 쫓아내면서 명문정파의 고수와 금위군을 시켜 이매망량 소탕 작전에 나섰다.

이후 이매망량과 흑랑성은 연결이 끊어졌다.

그런 마당에 흑랑성에 잠입한 광명하사는 굉장히 위험한 임무를 완수한 셈이었다.

흑랑성에서 실험하는 살수는 대부분 망자였으나, 아닌 자들도 있었다.

이강이 어떻게 잡혀 왔는지는 알 수 없다. 어쨌든 흑랑성은 이강의 신체를 실험하고 개조했으리라.

광명하사는 이강의 능력에 대해 이렇게 썼다.

'흑랑성은 그의 두 눈을 없앤 대신 남의 생각을 읽는 능력을 심어놨어요.'

인간의 감각기관은 하나가 제 역할을 못 하면 다른 하나가 비상하게 발달한다는 말이 있다. 장님이 촉각이 발달해서 점자책을 술술 읽는 것처럼.

이강이 받은 시술은 그런 종류의 실험이었으리라.

그렇다면 무림맹이 굳이 강호 사대악인을 끌어들인 이유가 무엇일까?

장량은 금세 해답을 깨달았다.

"황궁과 명문정파에 숨어 있는 망자를 색출하기 위해서군."

몇 년 전에 흑랑성이 멸문된 뒤 수많은 망자가 중원으로 나왔다.

망자들은 모체(母體)가 죽는 바람에 정신 연결이 끊어졌다. 그러나 모체가 없어도 살아남은 망자들은 더욱 강하게 진화를 시작했다.

시간이 좀 더 흐르면 목을 베지 않는 이상 망자를 구분하는 방법은 없어지리라.

그때가 되면 이강의 능력도 무용지물이 된다.

문제는 무림맹의 두 번째 의도였다.

"망자는 물론 무림맹에 숨어든 세작을 색출하려는 뜻이군."

장량은 망자가 되지 않았다.

남의 백령은침을 시술받은 몸으로 망자가 되었다가 후유증이 깊어지면 끝장이기 때문이다.

광명하사는 망자에게 백령은침 시술을 실험하는 중이라고 전했다. 실험이 성공한 뒤에 망자가 되어도 늦지 않을 것이다.

또한 그녀는 이매망량의 새 대원을 모으는 중이었다.

새 황제가 숙청한 고관대작의 자식들은 셀 수 없이 많았다. 복수의 일념만 남은 그들은 망자가 되어 옛 황제를 모시는 데

거리낌이 없으리라.

이름도 살수 조직이란 느낌을 지우기 위해 바꿨다고 들었
다.

만련영생교.

시황을 새로운 세상의 황제로 모시는 데 적합한 명칭.

광명하사는 중원 남쪽과 흑랑성이 있는 서역을 맡았다. 반
면 장량은 새 도성이 있는 중원 북동쪽을 맡았다.

광명하사가 무림맹에 앞서 이강을 끌어들이거나 죽였다면
문제는 없었으리라.

하지만 그녀 혼자서 무림맹을 앞지르는 것은 불가능했다.
게다가 이강은 이매망량의 호법 한 명이 상대할 수 없을 만큼
고수라는 소문이 있지 않은가?

계획을 세우고 실행한 지 칠 년.

남은 것은 무림맹에 잠입해서 지하 도시 잠행조를 만들도
록 유도하는 것뿐인데…….

그러다가 이강과 마주친다면?

즉시 생각을 읽혀서 세작임이 드러날 터.

장량이 무감정한 목소리로 중얼거렸다.

"그 방법을 쓰는 수밖에 없겠군."

타인의 기억을 읽는 자를 속이려면?

기억이 아예 없으면 그만이다.

기억을 없애는 것은 간단했다. 목뒤에 박힌 광명상사의 백

령은침을 빼낸다면 과거 기억을 깡그리 잊어버리게 되리라.

그러나 기억 없이 만련영생교 계획을 추진한다는 게 가능할까?

쉽지 않을 것이다. 하지만 불가능한 것도 아니었다.

그때였다.

"크흡!"

장량은 손을 들어 가슴을 움켜쥐었다. 단전에서 새어 나온 한빙진기가 혈맥을 타고 올라와 심장을 압박했기 때문이다.

시간이 지날수록 한빙진기가 혈맥을 얼어붙게 만들 거라는 곽평의 말은 허세가 아니었던 것이다.

장량은 운기조식을 하며 몸 상태를 확인했다.

한빙진기가 전신을 얼려 버리기까지 얼마나 시간이 남아 있을까?

일 년? 백 일?

장량은 두 눈썹을 찡그리며 말했다.

"계획을 서둘러야겠군."

곽평이 한빙공을 연마한 것은 확실히 장량에게 치명상을 안겼다.

자기 몸을 해치면서까지 장량의 흡성신공을 파훼하려한 고육지책. 장량은 칠 년 동안 진행시켜 온 계획을 수정해야 될 필요를 느꼈다.

그는 잠시 침음한 채 생각을 정리했다. 그의 머릿속에 수많은 계획이 복잡하게 얽히며 떠올랐다.

곧 장량이 두 눈을 가늘게 뜨며 말했다.

"이것으로 됐다."

새 계획이 완성되었다.

무림맹의 잠행조에 들어가 시황을 구출해 낼 계획이.

이제 남은 시간이 얼마가 되든 상관없었다. 복수를 끝내기에 충분한 시간이리라.

황궁의 밤은 적막했다.

자신이 천자의 자리에 오른 게 정당하지 못함을 알고 있어서일까? 새 황제는 숱한 고관대작, 금위군, 환관, 비빈과 궁녀를 숙청했다.

그리고 황궁 사람의 수가 많이 줄어들었는데 새 황궁을 이전보다 크게 짓도록 명령했다.

때문에 새 황궁은 수만 명의 금위군이 모든 곳을 지키기 힘들 만큼 넓었으며, 구석진 곳에서 나는 비명 소리는 지나가는 자가 없으면 아무도 듣지 못할 정도였다.

장량은 탁자에 앉은 뒤 종이를 폈다.

그리고 붓을 들어 광명하사에게 보낼 시찰을 쓰기 시작했다.

쿵!

갑자기 머리통이 쇠망치에 맞은 것처럼 크게 울렸다.

크윽!

장량은 속으로 비명을 토했다. 그리고 무심결에 눈을 한 번 감았다가 떴다.

순간 장량의 눈앞에 보이는 장면이 확 바뀌었다.

방금까지 붓을 들고 광명하사에게 보내는 서찰을 쓰고 있었는데… 그런데 광명하사의 얼굴이 바로 코앞에 있는 것이 아닌가?

흑건을 쓰고 검은 복면으로 이목구비를 가리고 있었지만 눈빛만은 숨길 수 없었다. 장량을 지극정성으로 간호하던 그 눈빛.

눈앞의 흑의인은 광명하사가 분명했다.

장량은 영문을 알 수 없었다.

그때 광명하사가 입을 열어 말했다.

"기억이 돌아왔군요?"

"……."

"이제 시작이군요. 칠 년간의 수고가 헛되지 않았어요."

부드러운 여인의 목소리.

장량은 어안이 벙벙해서 아무 말도 하지 못했다. 중원과 흑랑성을 떠돌며 만련영생교 조직을 구성하고 있을 그녀가 왜 갑자기 새 황궁에 나타난 것일까?

그런데 광명하사의 얼굴이 어딘가 이상했다.

그녀의 살결과 눈가에 빠른 속도로 주름이 생기고 있는 것이 아닌가?

"대체 이게 어떻게 된 일……."

"쉿, 말하지 말아요."

광명하사가 장량의 말을 잘랐다.

"나는 상관없지만 당신이 주화입마에 들면 안 돼요. 지금 내 내공진기를 모두 드리고 있는 중이니까."

"……!"

장량은 입을 딱 벌리며 경악했다.

고개를 내리자 자신과 광명하사의 쌍장이 정통으로 맞붙어 있었다.

동시에 양손바닥을 통해 그녀의 내력이 폭포수처럼 쏟아져 들어오는 것을 느꼈다.

쏴아아아아!

그제야 장량은 무슨 일이 벌어졌는지 깨달았다.

아니, 자신은 장량이 아니었다. 지하 도시의 밀실에서 기억을 잃은 채 깨어난 뒤로 다른 이름을 쓰고 있었다.

무명.

강호 사대악인 이강이 붙여준 이름.

무명은 송연화와 함께 팔 층 전각의 출구를 빠져나왔다. 그때 어디선가 나타난 광명하사가 일장을 날려 송연화에게 내상을 입혔다.

이후 광명하사와 무명은 목숨을 건 결투를 펼치다가 쌍장이 붙게 되어 내공 대결에 들어갔던 것이다.

물론 모든 것이 광명하사가 꾸민 일이었다. 기억을 잃은 무명이 전력으로 싸우도록 유도하기 위해서.

광명하사가 내공을 한꺼번에 불어 넣자 무명은 주화입마의 기미를 느꼈지만, 그것 역시 무명을 쓰러뜨리려는 게 아니었다.

오히려 자신의 내공을 모두 전해주기 위해서였다.

무명을 엄청난 내공고수로 탈바꿈시키기 위해서.

또한 백령은침을 시술해도 돌아오지 않는 기억을 완전히 각성시키기 위해서.

그 결과 무명은 잃어버렸던 장량의 기억을 기억해 낸 것이다.

'……!'

눈 한 번 깜빡할 찰나에 되살아난 칠 년간의 기억.

마치 그때로 환생해서 다시 살았던 것처럼 칠 년의 세월은 생생했다. 때문에 자신이 과거의 장량이었던 걸로 잠시 착각하고 있었던 것이다.

어느새 광명하사의 얼굴이 주름살이 가득한 노인처럼 변했다.

무명은 있는 힘을 다해 쌍장을 떼려고 했다.

그러나 때는 이미 늦어 있었다.

"괜찮아요."

광명하사가 마지막 남은 한 줌의 내력을 모두 쌍장으로 흘려보내며 말했다.

"이게 내 임무였잖아요? 당신을 각성시키고 죽는 것."

"…이렇게 끝낼 수는 없소."

"무슨 소리예요? 지금부터 시작이에요."

광명하사의 다정한 눈길이 일순 냉혹한 눈빛을 발했다.

"천자를 거역한 황궁과 중원 무림을 깡그리 쓸어버리세요."

그 말을 끝으로 광명하사는 눈을 감았다.

그녀의 쌍장이 그제야 힘없이 떨어졌다. 이어서 그녀의 몸이 스르르 바닥에 쓰러졌다.

옛 황제의 총애를 받았던 비빈, 광명하사.

그녀는 언제부터 이매망량이었을까?

이전부터 무공을 수련했을지 모르나 그녀의 말투와 분위기로 볼 때 아마도 옛 황제가 쫓겨난 것이 계기가 되어 이매망량의 일원이 되었으리라.

황제에게 받은 은혜에 보답하기 위해.

광명하사는 자신의 모든 것을 희생해서 이매망량의 수장을 각성케 한 뒤 숨을 거뒀다.

그녀의 얼굴은 내력이 소진되어 백 년을 산 노인처럼 변해 있었다. 하지만 입가에는 희미하게 미소를 짓고 있었다.

무명이 조용히 광명하사를 바라보고 있을 때, 내상을 입은 송연화가 힘들게 몸을 일으켜서 옆으로 다가왔다.

송연화가 광명하사를 보고 깜짝 놀라며 말했다.

"이자는 망자가 아니었군요."

"…그렇소."

"어이가 없군요. 흑의인들은 모두 망자인 줄 알았는데."

그녀가 아름다운 눈썹을 활처럼 찡그렸다.

"망자도 아니면서 망자 편을 들었다고? 제정신인가? 결국 개죽음을 하고 말았군요."

"……"

무명은 그녀의 말에 한마디 대꾸도 하지 않았다.

그가 침음하고 있자 송연화가 슬쩍 눈치를 살피며 물었다.

"몸은 괜찮아요?"

"괜찮소."

"다행이군요."

"그게 전부요? 묻고 싶은 말은 없소?"

"무슨 말이죠?"

"내가 어떻게 흡성신공을 쓰는 건지 궁금할 것 같은데?"

무명의 말에 송연화는 흠칫하며 입을 다물었다.

흡성신공. 상대의 단전과 혈맥에 흐르는 내공진기를 빼앗는 수법.

평생 연공한 내력을 빼앗긴 상대는 죽음에 이르거나 운이 좋아 살아남아도 다시는 무공을 쓰지 못하는 폐인이 된다. 중원무림이 흡성신공을 쓰는 자를 사파의 마두로 여기는 것도 당연한 일이었다.

그런데 눈앞에서 무명이 흡성신공을 써서 광명하사를 쓰러뜨리지 않았는가?

송연화는 잠시 물끄러미 무명의 눈을 바라봤다.

이윽고 그녀가 입을 열었다.

"물론 궁금해요. 하지만 신경 쓰지 않겠어요."

"신경을 안 쓰겠다고?"

"그래요. 예전에 자객들에게 납치된 당신을 구했을 때 내상이 없는지 확인했었죠."

"기억하오."

"쌍장을 당신 등에 대고 기운을 넣자 내 내력이 빠르게 흘러 나갔어요."

"알고 있소."

"그때 당신이 명문정파 사람이 아니라는 걸 알았어요. 하지만 흡성신공을 쓰든 말든 무슨 상관이죠? 중요한 건 그게 아닌데."

"그럼 무엇이 중요하오?"

"몰라서 물어요? 망자비서를 손에 넣어 중원을 통치하는 것이죠."

그때였다.

"동감이다! 망자비서를 손에 넣는 자가 중원을 지배하지!"

"한데 어쩌나? 오늘은 망자비서를 순순히 내놓아야 될걸?

크크크!"

언제 나타났는지 내원 건물의 지붕에 화산쌍로가 비웃음을 흘리며 서 있었다.

내원 건물의 지붕에 나타난 두 명의 그림자.

그들의 정체는 언제 마주쳐도 짜증 나는 인물인 화산쌍로였다.

"환관 놈! 이제 도망칠 곳은 없다."

"땅속은 망자 소굴이지, 지상은 우리가 지키고 있지. 그야말로 외나무다리에서 적수를 만난 셈이군, 크크크!"

화산쌍로가 기분 나쁜 웃음을 흘리며 무명을 조롱했다.

무명은 한마디 대꾸도 없이 생각을 정리했다.

불타 버린 정혜귀비의 처소가 지하 도시의 출입구라는 사실을 금위군 총대장인 청성이 모를 리 없었다.

그런데 이곳에 화산쌍로가 나타났다?

그게 말하는 것은 하나였다.

무당파와 화산파가 손을 잡았다는 뜻.

청성은 무림맹이 두 번째 잠행조를 보냈다는 정보를 입수했으리라. 화산파와 결탁한 그는 슬쩍 정보를 흘렸고, 화산파는 화산쌍로를 보내서 지하 도시를 빠져나오는 잠행조의 앞을 가로막게 했으리라.

목적은 하나.

무림맹이 얻은 망자비서를 가로채기 위해서.

그런데 무명과 송연화를 기다리고 있던 것은 화산쌍로만이
아니었다.

등 뒤에 떨어져 있는 건물 지붕에서 다시 두 명의 그림자가
나타난 것이었다.

"긴말은 필요없습니다, 사숙."

"당장 두 연놈의 목을 베어 먼저 가신 두 분 사형에게 예를
표해야겠습니다."

존대를 하고 있으나 오만한 기색이 배어 나오는 말투.

새로 나타난 두 명의 그림자는 영왕 별장에서 화산쌍로와
함께 무명을 공격했던 화산사표였다.

나이는 창천칠조와 비슷하나 언행이 천박하기 짝이 없었던
화산사표.

그러나 화산사표는 지금 두 명에 불과했다.

당시 화산사표의 막내는 이강의 심계에 걸려서 사형들에게
퇴장을 명령당했다. 하지만 그에게는 오히려 전화위복이 되었
다. 화산사표의 첫째, 둘째 사형이 그날 이후 죽은 목숨이 되
었으니까.

화산사표의 첫째 사형은 언제 혈선충에 감염되었는지 눈앞
에서 망자로 돌변했다.

그 모습을 보고 당황하던 둘째 사형은 무명과 이강의 검에
도륙되어 죽었다.

셋째는 망자가 된 첫째 사형에게 목을 물어뜯겼으나 천만

다행으로 혈선충에 감염되지 않았던 것이다. 그러나 상처가 심하게 덧났는지 지금도 목에 흰 천을 칭칭 감고 있었다.

졸지에 두 명만 남게 된 화산사표.

아니, 이제 화산이표라고 부르는 게 맞으리라.

그들이 무명에게 앙심을 품은 것은 당연했다.

"사숙들이 시간을 끄신다면 저희가 먼저 검을 뽑겠습니다."

"두 분 사형의 복수를 해야겠으니 환관의 목은 저희에게 넘겨주시죠?"

남을 비웃고 이죽거리던 화산이표 두 명의 얼굴은 이제 복수심에 활활 불타고 있었다.

송연화가 네 명을 보며 소리쳤다.

"여기는 황궁의 내원이다!"

그녀의 목소리는 마치 내원의 주인인 황후가 비빈들에게 일갈하는 것처럼 위엄이 섞여 있었다.

"감히 내원에 사내들이 발을 들이다니? 대역죄인으로 죽고 싶은가?"

"대역죄인?"

화산쌍로가 킬킬거리며 말했다.

"저년은 누가 우리를 보냈는지 모르는 모양이야?"

"땅속에 들어가 있느라 지상 사정은 까맣게 모를 수밖에 없지."

"뭐라고? 네놈들이 감히……."

화산쌍로의 뻔뻔한 말에 송연화는 당황한 기색을 감추지 못했다.

무명은 화산쌍로의 말을 듣고 짐작되는 게 있었다.

'영왕과 금위군이 손을 잡았군.'

그랬다. 무당파와 화산파가 손을 잡은 것만으로는 화산쌍로와 화산이표가 황궁 내원에 들어올 수 없으리라.

태자가 죽자 금위군을 장악한 무당파는 영왕에게 손을 내밀었다. 시황이 이끄는 망자 군대에게 폭뢰를 빼앗긴 영왕이 협상을 마다할 리 없었다.

그 결과, 화산쌍로와 화산이표가 황궁 내원을 제 집 드나들듯이 하는 것이었다.

강호에는 영원한 아군도 적도 없다.

권력을 위해 재빨리 손을 잡은 두 문파.

무명은 천천히 고개를 끄덕였다. 과연 오랜 세월 강호를 지배해 온 명문정파다웠다.

잠깐 할 말을 잃었던 송연화가 재차 일갈했다.

"황상께 네놈들의 죄를 고할 것이다!"

하지만 화산쌍로와 화산이표는 태연하게 웃음을 흘리며 자기들끼리 말을 주고받았다.

"그럼 안 되지! 대역죄인이 될 수는 없잖아?"

"어떡할까요, 사숙?"

"어떡하긴? 저년이 황제한테 입을 뻥끗하기 전에 죽이면 그만이지!"

"보아하니 죽이기에는 아까운 년이군요."

"그건 그래, 흐흐흐!"

스릉! 화산쌍로와 화산이표가 검을 뽑아 들었다.

"너무 분해하지 마라. 강호는 힘이니까."

"그래! 강자가 망자비서를 가져가겠다는데 불만이 있으면 안 되지!"

그 말은 맞았다. 강호는 힘이 전부다. 강자가 힘으로 망자비서를 빼앗는 데 약자가 불만을 가져봤자 소용없는 일.

송연화는 그래도 물러설 수 없는 것 같았다.

"감히 무당과 화산이 곤륜을 겁박하겠다고? 후환이 두렵지도 않느냐?"

곤륜파는 중원 구대문파 중의 하나다.

무림맹에 파견한 곤륜파의 후기지수를 무당과 화산이 손을 써서 해친다? 곤륜파를 영영 적으로 만들지 않는 이상 생각할 수 없는 일.

하지만 화산파의 네 사형제는 신경 쓰지 않는 듯이 보였다.

"후환? 서역 산속에 틀어박힌 곤륜파가 뭘 할 수 있지?"

"중원까지 오는 데만 일 년은 걸리겠군!"

"뭣이!"

송연화는 입술을 질끈 깨물며 분해했지만, 무명은 이미 그들의 반응을 짐작하고 있었다.

망자비서를 얻을 수 있다면 곤륜파와 척을 지는 것쯤은 아무것도 아닐 테니까.

무명은 상황을 냉정하게 따져봤다.

검법으로 강호에서 둘째가라면 서러워할 화산파의 고수 네 명.

반면 이쪽은 단 두 명뿐. 게다가 송연화는 광명하사의 공격에 내상을 입은 몸.

지금 싸우는 것은 자살행위나 마찬가지였다.

도망쳐야 한다. 무명은 결정을 내렸다.

그는 슬쩍 송연화에게 전음을 보냈다.

[도망칩시다.]

눈치 빠른 송연화는 무명에게 시선을 돌리지 않은 채 전음으로 대답했다.

[그럴 수는 없어요. 여기는 내원이에요. 곧 금위군이 오면 저들은…….]

[저들을 누가 황궁 내원으로 들여보냈을 것 같소?]

[설마 그 말은…….]

[청성이오. 무당과 화산이 망자비서를 빼앗으려고 손을 잡은 것이오. 지금 주위가 적막한 까닭은 저들이 우리를 처리할 수 있도록 금위군이 일부러 자리를 피해주었기 때문이오.]

[그럴 수가…….]

옆으로 보이는 송연화의 얼굴이 심하게 일그러졌다.

황궁을 지키는 금위군 총대장의 배신. 세작이기는 해도 정혜귀비의 궁녀 신분인 그녀로서는 믿기지 않을 만큼 충격이리라.

[셋을 세면 동쪽으로 몸을 날리시오. 나는 서쪽으로 가겠소.]

화산쌍로는 북쪽 건물 지붕, 화산이표는 남쪽 건물 지붕에 있으니 도망칠 길은 동서 방향이었다.

[여기서 서쪽은 화원만 있을 뿐 한참 가야 건물이 나와요. 저들이 추격한다면 따돌리기 불가능할 거예요.]

[아니. 나는 서쪽으로 가야 하오. 동쪽으로 가면 내원 깊숙이 들어가지 않소?]

[그건 그래요.]

[거기는 금위군이 있을 것이오. 일개 환관이 한밤중에 내원을 제멋대로 드나든다? 청성에게 나를 대역죄인으로 몰아 죽일 이유를 만들어주는 셈이오.]

[…….]

송연화는 말문이 막혔는지 더 전음을 보내지 못했다.

[우리가 동서로 가면 저들 네 명도 흩어져야 하오. 경신법을 써서 도주하는 것이 그나마 저들을 피할 가능성 있는 방법이오.]

[가능성? 얼마나?]

이번에는 무명이 대답하지 못했다.

화산파 네 명이 검법만 수련하고 경신법은 소홀했기만을 바라지만… 그럴 리가 없지 않은가?

[좋아요. 내가 금위군 총대장을 만나 담판을 지은 뒤, 금위군을 대동하고 오겠어요.]

[기대하겠소.]

하지만 말과는 달리 무명은 전혀 기대하지 않았다.

청성이 송연화의 말을 들을 이유가 무엇인가? 그럴 거면 지하 도시 첫 잠행 때 귀비 처소로 나온 이강 일행을 인질로 삼지도 않았으리라.

무명이 천천히 숫자를 셌다.

[하나, 둘… 셋!]

말이 떨어지기 무섭게 무명과 송연화가 땅을 박차며 양옆으로 몸을 날렸다.

그런데 생각지도 못한 문제가 터졌다.

한 걸음에 삼 장 옆으로 몸을 날린 무명이 재차 땅을 차려는 순간 점혈을 당한 것처럼 몸이 딱딱하게 굳어버렸던 것이다.

'……!'

무명은 바닥에서 두 발이 떨어지지 않는 것처럼 그 자리에 우뚝 서고 말았다.

몸이 굳은 이유는 하나였다.

주화입마의 기미.

소행자와 우수전에게서 흡수한 극음과 극양의 내력이 뒤엉켜서 주화입마에 들 뻔한 것도 여러 차례.

그런 판에 광명하사의 내력까지 흡수하고 말았다.

문제는 광명하사의 내력이 두 환관을 합친 것을 능가한다는 것이었다.

흔히 절정고수의 반열에 오르려면 일 갑자의 내공을 쌓아야 한다고 말한다.

일 갑자는 육십 년. 명문정파의 정순한 내공심법으로 육십 년에 걸쳐서 운기조식을 해야 비로소 닿을 수 있는 경지.

소행자, 우수전, 광명하사는 모두 내공고수였다.

즉, 단순한 계산만으로 무명은 일백팔십 년을 수련해야 쌓을 수 있는 내공을 지니게 된 셈. 사람이 백 년을 살기 힘드니, 신선이나 가능한 수준의 내력이었다.

그런 엄청난 양의 내공진기를 갑자기 운용했으니 전신이 마비된 것도 당연했다.

동쪽으로 몸을 날린 송연화가 무명이 움직이지 못하는 것을 보고 전음을 보냈다.

[무명?]

물론 무명은 손가락 하나 까닥하지 못하기 때문에 대답할 수 없었다.

무슨 일이 벌어졌는지 깨달은 송연화가 말했다.

[흡성신공으로 흡수한 내력이 말썽을 일으켰군요?]

역시 그녀는 눈치가 빨랐다.

하지만 무명이 실은 광명하사와 같은 편이었으며, 광명하사가 일부러 내공 대결을 유도해서 내력을 건네준 사실까지는 알지 못하는 것 같았다.

그걸 알 수 있는 자는 이강이 유일하리라.

그때 화산파 사형제 넷이 몸을 날려서 땅에 내려왔다.

무명은 쓴웃음을 지었다. 다 틀렸군. 몸이 마비되는 바람에 미소조차 지어지지 않으니 그저 황망할 따름.

화산파 네 명이 무명과 얼마 가지 못한 송연화를 사방에서 포위했다.

"어딜 도망가려고?"

"이것 봐라? 이년이 환관 놈을 지키려고 혼자 도망치지 않는 것 좀 보게?"

화산파 네 사형제의 입은 여전히 거칠고 지저분했다.

"궁녀 신분을 가장해서 세작으로 있다고 하지요? 그동안 황은을 못 받아서 몸이 달은 것 아닐까요? 하하하!"

"그렇군! 둘이 이미 정을 통한 모양이구나!"

"크크크, 말도 안 되는 소리! 환관이 어떻게 여인이랑 방사를 치르냐?"

그때였다.

"하앗!"

송연화가 몸을 날려서 화산파 사형제 중 한 명을 공격했다.

화산파 네 명은 무명과 송연화를 사방에서 포위하며 다가왔는데, 마침 송연화와 가장 가까운 자가 화산이표의 막내였다.

송연화의 생각은 이랬다.

어차피 도망치는 것은 실패했으니 차라리 선공을 펼치자. 사형제 중 젊은 막내의 무공이 가장 약한 것은 당연지사. 일단 한 명을 죽이거나 부상시키면 도망칠 기회가 다시 생기리라.

포위된 상황에서 그녀가 선택할 수 있는 최상의 한 수.

기습 선제공격은 효과가 있었다.

송연화가 맹렬히 선공을 퍼붓자 화산이표의 사사제는 검을 뽑았지만 당황한 나머지 방어에 급급했던 것이다.

채채채챙!

순식간에 네 번의 검성이 울려 퍼졌다.

송연화는 광명하사에게 내상을 입었으나 몸을 가누지 못할 중상은 아니었다. 애초에 광명하사는 무명의 싸움을 유도했을 뿐 그녀를 죽일 생각은 없었다.

또한 내상을 입었어도 검법의 고명함이 사라지는 것은 아니다.

만약 평소에 비무를 나누었다면 송연화가 화산이표의 사사제를 몇 초 만에 찍어 누르는 것은 불가능했으리라.

그러나 지금 그녀는 죽을 각오로 검초를 출수하고 있지 않은가?

때문에 화산이표 사사제는 삽시간에 패색이 짙어진 것이었다.

송연화가 마지막 일검을 출수했다.

"죽어랏!"

그때 옆에서 그림자가 튀어나와 그녀의 검을 받았다.

채앵!

"이런 미인을 앞에 두고 죽을 수야 있나?"

귀신같은 검초로 송연화의 검격을 받아낸 자는 화산이표의 삼사형이었다.

송연화가 일검을 출수하자 화산이표의 삼사형이 끼어들어 검격을 막았다.

채앵!

간신히 목숨을 구한 화산이표의 사사제가 기쁜 마음에 외쳤다.

"삼사형!"

"못난 놈. 화산파에서 뭘 배웠느냐?"

삼사형이 송연화를 슬쩍 한 번 보며 말했다.

"고작 여인 따위한테 쩔쩔매고 말이다."

그는 송연화의 머리부터 발끝까지를 스윽 훑어보았는데, 음흉함이 잔뜩 담긴 시선이 그녀를 업신여기는 것을 넘어서 희롱하고 있음을 알 수 있었다.

곧이어 삼사형이 팔짱을 끼며 고갯짓으로 송연화를 가리켰다.

"화산파의 검법을 제대로 가르쳐 주어라."

"예!"

위기를 벗어난 화산이표 사사제는 기세를 다시 되찾았다.

"받아랏!"

사사제가 송연화를 향해 검을 뻗으며 몸을 날렸다.

송연화는 입술을 질끈 깨물었다. 선공을 펼쳐서 일단 한 명을 없애기로 한 전법이 보기 좋게 파훼되었으니 무리도 아니었다.

그녀는 검을 빙글 돌려서 크게 호를 그리며 사사제의 검격에 맞서려 했다.

순간 사사제의 옆에서 삼사형이 불쑥 튀어나오는 것이 아닌가?

"……!"

삼사형이 팔짱을 낀 채 구경하려던 행동은 속임수였던 것이다.

화산이표의 삼사형은 송연화의 측면에서, 사사제는 송연화의 정면에서 동시에 검초를 출수했다.

내상을 입은 몸으로 두 명의 기습 공격을 맞이한 순간.

그때 곤륜파 후기지수의 잠재 능력이 폭발했다.

"하아앗!"

송연화의 신형이 허공을 밟고 뛰어오르는가 싶더니 공중에서 빙그르 반원을 그리며 돌았다. 그러자 화산이표 두 명은 목표를 잃고 서로를 향해 검을 찌르는 격이 되었다.

"이게 뭐야?"

"삼사형, 조심하세요!"

이어서 송연화가 공중에서 제비처럼 몸을 뒤집었다.

휘리릭!

중원 무림에서 경신법으로 둘째가라면 서러워한다는 곤륜파의 운룡대팔식.

목표를 잃고 허둥대는 화산이표 두 명을 향해 송연화가 사정없이 검을 찔렀다.

쉬이익!

그런데 무슨 이유인지 그녀가 도중에 검을 멈췄다.

"허억!"

송연화가 검초를 중단한 채 아래로 추락했다.

휘청거리며 떨어지던 그녀는 운룡대팔식의 수법으로 몸을 뒤집어서 간신히 두 발을 땅에 대고 섰다. 그러나 다음 순간 목인상처럼 몸이 뻣뻣하게 굳어버리고 말았다.

"이년 수법이 만만치 않으니 조심하라고 했지?"

"애송이들이 말을 안 들을 거라고 말했잖아? 크크크!"

송연화의 뒤에서 나타난 자는 화산쌍로였다.

그녀가 운룡대팔식의 수법으로 공중을 도약할 때 화산쌍로는 그녀가 볼 수 없는 사각으로 몸을 날렸다. 그리고 각자 지법을 출수해서 송연화의 마혈을 점혈했던 것이다.

여인 한 명을 상대로 화산이표의 합공도 모자라 뒤에서 암습을 가한 화산쌍로.

사형제 네 명의 수법은 비열하기 짝이 없었다.

송연화는 분한 눈초리로 그들을 노려봤으나 점혈당해 꼼짝 못 하는 몸으로는 아무것도 할 수 없었다.

"비겁한 자식들……"

그 말에 화산쌍로가 비웃으며 대꾸했다.

"비겁하다고? 엄청 억울해 보이잖아?"

"억울하면 어쩔 건데? 우리는 병법을 썼고 넌 전쟁에서 진 거야, 크하하하!"

화산파 네 명이 낄낄대며 통쾌하게 웃음을 터뜨렸다.

화산이표 사사제가 앞으로 나서며 말했다.

"제가 이년의 품을 뒤져서 망자비서를 찾겠습니다."

이어서 송연화에게 바싹 다가가더니 그녀의 가슴팍을 향해 손을 내밀었다.

그때였다.

그림자 하나가 비틀거리며 사사제에게 달려들었다.

"멈춰라……"

그는 무명이었다.

전신이 마비된 무명은 송연화가 희롱당할 위기에 처하자 억지로 내력을 끌어올려서 다가왔던 것이다.

하지만 그의 걸음은 금방 쓰러질 듯이 불안했다.

사사제가 피식 비웃음을 흘렸다.

"어디 환관 놈이 남녀 간의 일에 끼어드냐!"

그가 몸을 한 바퀴 휙 돌리더니 기세를 실어서 각법을 날렸다. 간신히 걷고 있던 무명은 배 한복판을 정통으로 걷어차이고 말았다.

퍼억!

무명의 몸이 삼 장 이상을 붕 떠서 날아간 뒤 그늘 속에 처박혔다.

방해꾼을 처치하자 사사제는 이제 거칠 것이 없었다.

"자, 망자비서를 어디에 숨겨놓았는지 찾아볼까?"

"그 손 멈추지 못해?"

송연화가 일갈했지만 사사제는 어깨를 으쓱한 다음 그녀의 품속에 손을 넣고 더듬기 시작했다.

"그렇게는 못 하지. 망자비서를 찾은 다음에 손을 빼마."

밤에 사형들 몰래 여인과 밀회를 하러 다닌 사사제.

본래 그는 음욕이 강했다. 그런 판에 송연화가 점혈당해서 꼼짝 못 하고 있자 부쩍 음심이 동했던 것이다.

사사제가 두 손을 뻗어 송연화의 몸을 더듬고 만지며 희롱했다. 다른 사형제는 말릴 생각이 없는지 씨익 웃으며 그 광경을 지켜봤다.

송연화는 분통이 머리끝까지 치밀었다.

명색이 중원 삼대명문정파에 꼽히는 화산파.

그 화산파의 사형제가 비겁하게 합공을 펼친 것도 모자라 희롱까지 할 줄이야. 만약 마혈을 점혈당하지 않았다면 화를 참지 못하고 두 발에 힘이 풀려서 쓰러질 정도였다.

"아무리 뒤져도 망자비서가 안 나오는데 어떡할까요?"

"나올 때까지 계속 만져라, 아니, 뒤져라!"

"알겠습니다, 하하하!"

송연화의 눈가에 물기가 맺혔다.

협의(俠義). 악을 징벌하고 약자를 돕는 정신.

강호인이라면 누구나 협의를 말하고 다니던 시절이 있었다. 지금 역시 입만 열면 협의를 떠든다. 하지만 정작 협의를 실천하는 자는 백에 하나도 되지 않았다.

지금 강호를 지배하는 법칙은 힘이었다.

힘이 없으면 사내는 목숨을 잃고 여인은 희롱당하는 세상.

그것이 강호였다.

화산쌍로가 화산이표 삼사형에게 명령했다.

"너는 환관을 뒤져서 망자비서를 찾아라."

"쳇, 누구는 여인이고 저는 환관 놈입니까?"

"어차피 망자비서를 찾으면 저년을 끌고 가서 다 같이 재미를 볼 텐데 무슨 불만이냐?"

"하하하, 그렇군요! 제가 생각이 부족했습니다!"

삼사형이 웃음을 터뜨리며 무명이 날아간 그늘을 향해 걸어갔다.

그늘은 수풀이 무성한 화원이었다. 그는 검으로 화목을 마구 베면서 그 속에 쓰러져 있을 무명을 찾았다.

"빌어먹을 환관 놈. 대체 어디 처박혀 있는 거야?"

그때 누군가가 대답했다.

"여기 있소."

삼사형은 자기도 모르게 흠칫 놀랐다.

수풀 속에서 들린 목소리에 아무 감정도 실려 있지 않아서 사람이 아니라 요괴의 음성을 들은 것처럼 착각이 일었던 것이다.

"너는 누구냐?"

"누구냐니, 나를 찾고 있는 것 아니었소?"

목소리는 분명 수풀이 무성한 화원에서 들려왔다. 하지만 좌우를 둘러봐도 좀처럼 목소리의 주인을 찾을 수 없었다.

설마 신선이 말하는 것인가?

삼사형은 뜬금없는 생각을 하다가 고개를 저었다. 그럴 리가 없지 않은가? 여기는 기암절벽이 있는 신속이 아니라 황궁 내원인데?

그때 사람이 아닌 것 같은 목소리가 말했다.

"당신 앞에 있소. 이래서 등잔 밑이 어둡다고 하는군."

그 말에 무심코 고개를 앞으로 돌리던 삼사형은 깜짝 놀라고 말았다.

목소리의 주인이 땅에서 삼 장 위의 허공에 둥둥 떠 있는 것이 아닌가?

그가 청의가 아니라 백의(白衣)를 입고 있었다면 삼사형은 신선이 나타났다고 착각했으리라.

삼사형이 목소리를 떨며 말했다.

"너, 너는… 설마 환관 놈?"

"밤눈이 어둡군. 내 얼굴을 벌써 잊다니."

"네, 네놈!"

목소리의 주인이 신선이 아니라 자신이 찾던 환관인 것을 깨닫자 삼사형은 화를 내며 검을 들었다.

그러나 다음 순간 재차 흠칫하며 동작을 멈추고 말았다.

자세히 보자 무명은 공중에 떠 있는 게 아니라 수풀 속에서 우뚝 자라난 대나무의 끝을 밟고 서 있는 것이 아닌가?

"……!"

경신법의 고수는 높이 뛰어오른 뒤에 허공을 발로 차거나 몸을 회전시켜서 공중에 오래 있을 수 있다. 그 시간이 길면 길수록 흡사 공중에 떠 있는 것처럼 보이는 것이다.

하지만 대나무를 밟고 서는 것은 전혀 다르다.

대나무는 쉽게 부러지지 않지만 잘 휘어진다. 삼 장 길이로 자란 대나무라면 잘라서 가로로 들었을 경우 중간이 휘어지며 끝이 아래로 처지게 마련이다.

그런데 그런 대나무의 끝에 선 채로 길게 대화를 나누다니?

게다가 무명은 대나무가 휘어짐에 따라 균형을 잡는 게 아니라 평지에 있는 것처럼 꼼짝하지 않는 것이 아닌가!

"네놈 대체 어떻게……?"

"어떻게? 설명해 봤자 모를 텐데?"

무명이 정면을 향해 걷는 것처럼 발을 뗐다.

순간 그의 신형이 삼사형의 코앞에 나타났다.

휙.

"뭐, 뭐야?"

삼사형이 당황하며 검을 마구잡이로 휘둘렀다.

하지만 코앞에 있던 무명은 감쪽같이 사라진 뒤였다.

이어서 삼사형의 두 발이 땅에서 떨어지더니 그의 몸이 공중에 붕 떠올랐다.

"……!"

등 뒤에서 무명이 무슨 짓을 한 게 틀림없었다.

삼사형은 검을 등 뒤로 찌르려고 했다. 하지만 팔을 돌리기는커녕 몸이 뻣뻣하게 굳어서 손가락 하나 까닥할 수 없었다.

그의 몸이 허공에 일 척가량 떠오른 채 이동을 시작했다.

그때 사사제는 사형에게 무슨 일이 생긴지 까맣게 모른 채 송연화의 몸을 더듬고 있었다. 그러다가 문득 이상한 기분이 들어 고개를 돌리는 순간 깜짝 놀라고 말았다.

"삼사형?"

멀리 어둠 속에서 삼사형의 몸이 허공에 살짝 뜬 채 날아오는 것이 아닌가?

사사제는 고개를 갸웃거리며 생각했다. 삼사형이 강시가 되었나? 하지만 전설 속의 강시라고 해도 두 발로 지면을 차면서 뛰어와야 하지 않는가?

반면 삼사형의 두 발은 조금도 움직이지 않고 아래로 쭉 뻗어 있는 것이었다.

도무지 이해 안 되는 장면.

사사제가 송연화를 희롱하는 것을 비웃으며 지켜보던 화산쌍로도 무언가 일이 잘못됐다는 것을 느꼈다.

"거기 누구냐?"

"누구냐니, 나밖에 더 있겠소?"

아무 감정도 없는 목소리.

사사제가 송연화의 품에서 두 손을 뺐다. 그리고 허리춤에서 검을 뽑으며 몸을 날렸다.

"감히 환관 놈이 세상 무서운 줄 모르고 날뛰는구나!"

그때 화산쌍로 중 하나가 손을 들어 막았다.

"사사제, 잠깐!"

그들은 무명이 삼사형의 목 뒷덜미를 손아귀로 움켜쥔 채 다가오고 있다는 사실을 한눈에 깨달았다.

목뒤는 사람 몸의 신경과 혈맥이 뇌수와 연결되는 지점이다.

그곳을 손아귀로 움켜쥐어서 인형처럼 공중에 치켜든 채 들고 온다?

무공 수위는 물론이거니와, 어른을 조약돌처럼 다루는 힘만 해도 상당한 수준일 터.

화산쌍로는 젊은 나이에 무공고수의 반열에 올랐다. 변화무쌍하고 복잡한 초식보다 단순한 동작으로 상대를 제압하는 게 훨씬 고수라는 것을 그들이 모를 리 없었다.

때문에 무작정 덤비는 사사제를 막은 것이었는데…….

이미 때는 늦은 뒤였다.

"죽어랏!"

사사제는 삼사형의 삼 장 앞에 도달하자 땅을 박차며 위로 뛰어올랐다. 그리고 삼사형의 머리 위를 넘어서 뒤로 떨어지며 검을 출수했다.

그 역시 삼사형이 등 뒤를 제압당했다는 것을 알아차리고 있었다.

화산파의 촉망받는 후기지수로 꼽히기에 충분한 무위.

그러나 상대는 사사제의 예상을 훌쩍 뛰어넘었다.

"화산파 검법의 극의는 둔도인가?"

둔도(鈍刀). 동작이 느리고 굼뜬 검법을 두고 하는 말.

즉, 무명의 말은 사사제의 검이 지나치게 느리다고 비웃는 것이었다.

"네놈이 감히!"

사사제는 처음부터 살수를 날렸으나 조롱을 듣자 거기에
두 번의 검초를 더 섞었다.

쉬쉬쉭!

변화무쌍하기로 이름난 화산파 검법 삼초식이 무명에게 쏟
아졌다.

그런데 무명이 눈앞에서 사라지는 게 아닌가?

"뭐야?"

사사제의 삼초식은 허망하게 허공을 갈랐다.

땅에 착지한 사사제는 고개를 돌리며 무명을 찾았다. 그러
다가 무명을 발견한 순간 입을 딱 벌리며 경악했다.

"이놈도 밤눈이 어둡군."

무명은 어느새 삼사형의 머리를 밟고 그 위에 서 있었던 것
이다.

회심의 삼초식을 모두 실패한 사사제.

그는 무심코 고개를 올리다가 경악하고 말았다.

"사형제 아니랄까 봐 둘 다 밤눈이 어둡군."

무명이 있는 곳은 삼사형의 머리 위였다.

그는 언제 검초를 피하고 몸을 날렸는지 삼사형의 머리를
밟고 우뚝 선 채 아래를 내려다보고 있었던 것이다.

사사제가 욕설을 내뱉으며 검을 출수했다.

"이 새끼가 진짜!"

쉬이익!

화산파 특유의 쾌검이 무명의 두 발목을 노리고 날아들었다.

순간 무명의 신형이 또 한 번 사라지는가 싶더니 사사제의 등 뒤에서 말을 거는 것이 아닌가?

"조심해라. 그러다 사형 목을 벨라."

"……!"

사사제는 방금 본 것을 믿을 수 없었다.

무명이 검을 피한 방법은 눈속임도 아니고 기기괴괴한 수법도 아니었다. 그는 평범하게 발을 박차고 몸을 날려 검을 피했을 뿐이었다.

그런데 그 움직임이 사람으로 볼 수 없을 정도로 빨랐던 것이다.

마치 눈앞에서 일순 사라진 것처럼 보일 만큼.

사사제가 황급히 몸을 돌리며 외쳤다.

"고작 환관 따위가 천하의 화산파 검법보다 빠르다고? 말도 안 돼!"

그 말에 무명이 무감정한 목소리로 대꾸했다.

"내가 빠른 게 아니라 네가 느린 거다."

"…네놈!"

사사제가 몸을 바닥에 닿을 정도로 낮추는 동시에 발을 비스듬히 뻗으면서 검을 찔렀다.

쉬쉬쉭!

화산파 비전의 보법인 연파보를 응용한 수법.

연파보(燕波步)는 제비가 물가를 낮게 날면서 먹이를 낚아챌 때의 움직임을 본떠서 만든 보법이었다. 연파보를 밟으며 검을 출수하면 바닥 밑에서 검로가 비스듬히 뻗어 나와 적을 찌른다.

밑에서 위로 올라오는 검은 상대의 의표를 찌르기에 충분했다.

정영의 사일검법과 같은 원리.

사사제는 연파보를 응용한 검초를 자신의 구명절초로 삼고 고수와 상대할 때 외에는 함부로 쓰지 않았다. 그런데 오늘 무명과 싸우면서 오랜만에 회심의 일검을 날린 것이었다.

"죽어랏!"

밑에서 비스듬히 올라온 검 끝이 무명의 심장을 꿰뚫었다.

…고 느낀 것은 사사제의 착각이었다.

검이 바닥을 훑으며 날아오는 찰나 무명은 태연하게 발을 들었다. 그리고 다시 발을 내려놓으며 검날을 밟아버렸다.

턱.

"뭐야?"

잠시 멍청히 있던 사사제는 곧 검을 뽑으려고 안간힘을 썼다.

하지만 무명은 팔짱을 낀 채 태연히 서 있는데 검날이 바닥에 붙은 것처럼 아무리 잡아당겨도 꼼짝 않는 것이었다.

무명이 송연화를 돌아보며 물었다.

"연화, 괜찮소?"

"나는 괜찮아요."

눈가에 물기가 맺히던 송연화의 목소리는 뜻밖에도 의연했다. 사내한테 한참을 희롱당했으나 그녀의 호연지기는 꺾이지 않았던 것이다.

무명이 앞에 있는 삼사형을 가리키며 말했다.

"이자를 어떻게 했으면 좋겠소?"

"…일단 따귀부터 치세요."

희롱당한 여인이 가장 먼저 할 법한 일.

"좋소."

무명이 뻣뻣하게 군은 삼사형의 뒷덜미를 쥐더니 단숨에 빙글 돌렸다. 이어서 왼손으로 멱살을 잡고 오른손으로 그의 뺨을 쳤다.

짝!

"커헉……."

이미 혈도를 제압당했으나 무명의 손힘이 얼마나 센지 삼사형의 입에서 신음이 터졌다.

계속해서 무명이 손을 되돌리며 손등으로 뺨을 갈겼다.

짝!

이번에 삼사형은 비명을 토하지 않았다. 대신 그의 입에서 무언가가 후두둑 튀어나와 바닥에 떨어졌다. 멀쩡한 이 세 개가 빠진 것이었다.

무명은 거기서 그치지 않고 서너 번 연속해서 그의 따귀를 쳤다.

짝짝짝짝!

가볍게 휘두르는 뺨따귀. 그러나 이가 후두둑 튀어나오는 것은 물론, 삼사형의 얼굴이 순식간에 두 눈을 뜰 수 없을 만큼 퉁퉁 부어올랐다.

그러는 동안에도 사사제는 무명의 발에 밟힌 검을 조금도 빼낼 수 없었다.

무명이 화산이표를 어린애 갖고 놀듯이 하는 까닭은 다음과 같았다.

소행자와 우수전, 두 환관고수의 내력을 흡수한 무명.

그는 소림사행을 추격할 때 극음과 극양의 진기가 충돌하여 붉은 땀을 흘릴 만큼 단전이 불안정했다.

그런데 어느 순간 내력의 충돌이 흔적도 없이 사라졌다. 이번에 흡수한 광명하사의 웅혼한 내력이 극음, 극양의 내력을 모두 아울렀던 것이다.

문제는 한 번에 너무 많은 내력을 흡수했다는 점이다.

단전을 차고 넘칠 만큼 엄청난 내공진기.

송연화와 동서로 나뉘어 도망칠 때 몸이 굳어버린 게 그 때문이었다. 엄청난 내력을 갑자기 운용하자 점혈을 당한 것처럼 기혈이 막혔던 것이다.

내공이 완성되기 직전의 마지막 관문.

송연화가 희롱당할 때 억지로 몸을 움직일 때가 진짜 위기였다. 만약 그때 화산파 네 명이 무명을 합공했다면 몸이 굳은 채 검에 꿰이고 말았으리라.

그런데 막바지 고비에서 사사제가 무명을 발로 찬 것이다.

발차기의 충격이 막힌 기혈을 뻥 뚫는 결과를 낳았다. 기름통에 불씨가 떨어지자 순식간에 불바다가 되는 것처럼.

한번 막힌 기혈이 뚫리자 내공진기가 순식간에 전신의 혈도를 타고 흐르기 시작했다.

내공 수련의 가장 위험한 단계인 생사현관의 관문.

사사제의 발차기가 무명이 생사현관을 넘게 만드는 도화선이 되었던 것이다.

소행자와 우수전.

두 환관은 한 문파의 장문인을 뛰어넘는 고수였다.

광명하사는 그 둘을 합친 것보다 내공 수위가 높았다.

그런데 무명은 세 고수의 내력을 모두 흡수했으니……

삼사형이 무명을 찾아서 수풀을 뒤질 때, 이미 그는 중원 무림 역사상 몇 명 없었던 내공고수의 경지에 올라 있었던 것이다.

곧 무명이 뺨을 때리던 손을 멈췄다.

멱살을 잡힌 채 수십 차례 따귀를 맞은 삼사형은 축 늘어진 채 초주검이 된 지 오래였다.

"따귀는 충분한 것 같소. 그다음은?"

"목을 베어요."

송연화가 앙칼진 목소리로 말했다.

"좋소."

송연화의 목소리가 얼음장처럼 차갑다면, 무명의 목소리는 물소리나 바람 소리처럼 아무 감정이 실려 있지 않았다. 그런데 그 무감정한 목소리가 듣는 이의 마음을 더욱 오싹하게 만들었다.

그때였다.

타타타닷!

무명의 좌우에서 그림자 두 명이 전광석화처럼 달려들었다.

두 그림자는 화산쌍로였다.

말 한마디 없이 사각에서 튀어나와 무명을 급습한 화산쌍로. 둘이 무명을 만만치 않은 상대로 보고 있다는 뜻이었다.

일로는 왼쪽에서 무명의 상반신을, 이로는 오른쪽에서 하반신을 노리며 검초를 출수했다.

쉬쉬쉬쉭!

화산쌍로는 항상 인피면구를 쓰고 있어서 겉으로는 일로와 이로를 구분할 수 없다.

마치 거울을 보는 것과 같은 둘의 합공.

목과 두 발목이 몸통에서 떨어지려는 찰나, 무명은 발을 살짝 들어 밟고 있던 검날을 튕겼다.

탁.

"으아아악!"

안간힘을 다해 검을 잡아당기고 있던 사사제가 제힘을 못 이기고 뒤로 넘어갔다.

게다가 무명은 발을 들면서 슬쩍 내력을 흘려 검날을 진탕시켜 놓았다. 그 바람에 사사제는 춤을 추는 것처럼 두 팔을 허우적거렸다.

그대로 검을 출수했다가는 사제의 두 팔을 잘라 버릴지도 모를 위기.

화산쌍로는 다급히 검을 멈췄다.

이번에도 무명의 신형은 감쪽같이 사라져 있었다.

하지만 화산쌍로도 쉬운 상대가 아니었다. 그들은 바로 고개를 돌려서 무명이 움직인 자리를 찾아냈다.

무명은 화원에 자란 이 장 높이의 나뭇가지 위에 서 있었다.

"신기하군. 나이를 더 처먹은 사형들이 사제들보다 눈이 밝다니."

"……."

화산파 사형제 네 명을 모두 비웃는 말.

하지만 화산쌍로는 입을 다문 채 침음했다.

먼저 대나무를 딛고 섰던 무명. 그나마 대나무는 수직으로 꼿꼿이 자라서 고수라면 그 위에 서는 게 불가능하지는 않다.

그런데 지금 그가 평지처럼 딛고 서 있는 것은 가늘고 구부러진 나뭇가지가 아닌가?

화산쌍로는 무명이 생각보다 힘든 상대라는 것을 직감했다.

무명이 슬쩍 옆으로 시선을 돌리며 말했다.

"마침 매화나무군."

그가 손을 뻗어 기다란 나뭇가지를 꺾었다.

이어서 가볍게 몸을 날려 화산파 사형제의 앞에 착지했다.

"그럼 고명하신 화산파 검법을 한 수 배워볼까?"

동시에 매화나무 가지를 검처럼 앞으로 뻗어 기수식을 취했다.

화산파 사형제의 얼굴이 대번에 시뻘겋게 달아올랐다.

무명이 일부러 매화 꽃송이가 매달린 나뭇가지를 병장기로 취한 이유는 분명했다. 화산파가 고래로 매화와 연관이 깊기 때문이다.

검법으로 이름 높은 화산파에서도 가장 유명한 것은 이십사수매화검법이다. 또 화산파의 고수들은 검에 매화 문양을 새기거나 매화 모양의 수실을 달고 다닌다.

그런 판에 무명이 매화나무 가지를 꺾어서 검처럼 들고 있으니⋯⋯.

화산파에게는 씻을 수 없는 치욕.

"네놈!"

화산쌍로가 검을 꼬나쥐고 무명에게 달려들었다.

화산쌍로 둘은 흔히 일로와 이로라고 부른다. 하지만 같은 화산파 제자들조차 누가 누구인지 둘을 구분할 수 없었다.

키와 신체 조건이 비슷한 것은 물론 항상 인피면구를 써서 얼굴을 가렸기 때문이다.

게다가 손발이 귀신처럼 척척 맞는 합공. 때문에 화산쌍로
가 합공을 퍼부으면 분신이 나타난 것 같은 착각을 불러일으
켰다. 지금 무명의 눈앞에서 펼쳐지는 장면이 그랬다.

타타타탓!

일로가 정면으로 검을 찌르며 몸을 날리자 이로는 그 뒤에
서 돌격했다. 일로의 그림자 속에 숨어 있다가 상황에 따라
허점을 노리는 전법.

아니, 앞에 있는 자가 이로고 뒤에 따라오는 자가 일로일지
도······.

그런데 무명이 그대로 꼼짝 않고 서 있는 것이 아닌가?

"······?"

그러자 난처해진 것은 화산쌍로 쪽이었다.

상대가 어떤 반응을 보여야 합공을 시작할 텐데 무명이 꿈
쩍도 않으니 뒤에 따라오는 이로가 어디로 움직여야 할지 결
정할 수 없었던 것이다. 화산쌍로는 급히 전음을 나눴다.

[어떡하지?]

[뭘 머뭇거려? 그냥 찔러 버려!]

그렇다. 꼼짝 않고 있는 과녁에 화살을 꽂아 넣으면 그만.

일로는 그대로 돌진하며 검초를 출수했다.

쉬이익!

검이 코앞으로 날아드는데도 무명은 목인상처럼 움직이지

않았다.

[잡았다!]

일로가 씨익 웃으며 검을 찔렀다.

그러자 무명이 슬쩍 팔을 들더니 날아오는 검날에 매화나무 가지를 갖다 댔다. 그때만 해도 일로는 이겼다고 생각했다.

[한낱 나뭇가지로 검을 당해낼 도리가 있겠느냐! 크흐흐흐……]

순간 검날과 매화나무 가지가 지남철이라도 된 것처럼 일로의 검이 허공으로 튕겨 나가는 것이 아닌가?

퉁!

인피면구 속의 일로 얼굴이 종잇장처럼 구겨졌다.

매화나무 가지에 내력을 불어 넣어 날카로운 검을 튕겨낸다? 상대의 내공 수위가 상상을 뛰어넘는다는 뜻. 절정고수에 근접한 일로가 그 사실을 모를 리 없었다.

하지만 일로도 전혀 짐작하지 못한 게 있었다.

자신의 몸이 검이 튕겨 나가는 기세를 이기지 못하고 딸려 갔던 것이다.

"어어어?"

일로의 두 발이 땅에서 떨어지며 몸이 허공에 붕 떴다.

하지만 화산쌍로는 하나가 아니었다.

일로가 옆으로 비켜나자 뒤를 따르던 이로가 빠르게 돌격하며 검을 뻗었다.

"환관 놈이 감히!"

일로와 검로가 똑같아 보이는 움직임. 하지만 지금 이로의 수법은 일로와는 전혀 달랐다. 방금 일로의 실패를 똑똑히 목격한 이로는 단순하게 검을 찌르지 않고 화산파의 최고 검법을 출수했던 것이다.

바로 이십사수매화검법!

방심한 환관은 곧 단순해 보이던 검초가 이십사수매화검법이라는 것을 깨닫고 뒤늦은 후회를 할 것이다. 그리고 그때는 이미 목이 떨어진 뒤이리라. 시큰둥한 눈으로 이로를 쳐다보던 무명이 그제야 슬쩍 매화나무 가지를 들어 올렸다.

"하하하하하! 걸렸구나!"

이로가 크게 웃음을 터뜨렸다.

그런데 매화나무 가지가 잔상을 남기면서 대여섯 개, 아니, 일고여덟 개로 나누어지는 것이 아닌가?

이로는 무명이 출수한 무공이 무엇인지 깨닫고 비명을 질렀다.

"이십사수매화검법……!"

일로와 똑같은 동작으로 검을 출수한 이로.

하지만 그의 검초는 화산파 최강의 검법으로 일컬어지는 이십사수매화검법의 일초였다.

이로는 속임수가 통하자 광소를 터뜨렸다.

"죽어랏! 하하하하!"

그런데 무명이 매화나무 가지를 들어 올리는가 싶더니 이십사수매화검법을 시전하는 것이 아닌가?

"뭐, 뭐야?"

이로는 깜짝 놀라고 말았다.

그러나 금세 냉정을 되찾고 소리쳤다.

"교활한 환관 놈! 화산파 검법을 훔쳐본 모양이구나!"

그는 무명이 곁눈질로 본 이십사수매화검법을 흉내 내는 것이라 여겼다.

천하 무공은 그 숫자가 하늘의 별처럼 많다.

화산파 검법의 극의는 쾌(快)와 변(變).

하지만 속도와 변화를 중시하는 문파는 화산파 말고도 수 없이 많았다. 때문에 초식 동작을 그럴듯하게 따라 하는 것은 고수라면 그리 어려운 일이 아니었다.

문제는 겉핥기로 따라 한 무공은 위력이 십분지 일, 아니, 백분지 일만도 못하다는 것.

"네놈의 흉내 내기를 박살 내주마!"

이로는 자신만만해서 초식을 출수했다.

그때였다.

무명의 검로가 스르르 바뀌더니 일고여덟 개로 나누어지는 것이었다.

이번에야말로 이로는 대경실색했다.

"⋯⋯!"

지금 무명의 초식은 바로 이로가 출수하고 있는 이십사수매화검법의 제삼수(第三手)였다.

이십사수매화검법을 흉내 내는 것은 그렇다고 치자. 하지만 이로가 제삼수를 시전할 거라는 것은 대체 어떻게 알았다는 말인가?

이로는 화들짝 놀라며 검을 휘둘렀다.

거울을 보는 것처럼 똑같은 초식을 출수한 둘.

양쪽에서 날아온 이십사수매화검법이 공중에서 부딪쳐서 폭발했다.

쩌어어엉!

무명과 이로의 병장기가 충돌하자 마치 대장간에서 쇠망치로 모루 두드리는 것 같은 검성(劍聲)이 터졌다.

무명의 초식을 막아내자 이로는 자신감이 생겼다.

화산파 검법이 쾌와 변을 중시한다고 하나 이십사수매화검법은 극상으로 수련한 내력을 필요로 한다. 방금 굉음이 터진 것도 그래서이리라.

즉 겉핥기만 따라 해서는 이십사수매화검법을 제대로 펼칠 수 없었다.

이로는 무명이 그 사실을 깨닫기 전에 얼른 다음 공격을 전개했다.

"환관 놈이 제법이구나! 이건 어떠냐?"

그는 재차 몸을 날리면서 세 가지 초식을 연속으로 출수했다.

이십사수매화검법의 제오수, 제칠수, 제구수.

이로는 일부러 세 초식을 징검다리 건너듯 한 차례씩 건너뛰었다. 오육칠이 아니라 오칠구로.

쉬이이익!

이로가 검을 날리는 찰나, 무명 역시 똑같은 자세로 초식을 출수했다.

'이번에야말로 제대로 걸려들었다!'

이로는 속으로 쾌재를 불렀다.

만약 평범하게 제오수에서 시작하여 오육칠로 연결될 거라고 예상한다면 중간에 초식이 얽혀서 이로의 검에 손목이 베이게 될 터.

그런데 무명이 예상대로 제오수를 시전했던 것이다.

이로의 검로가 무명의 초식을 비껴가며 그의 손목으로 향했다.

"죽어라, 환관 놈아!"

이로가 연속으로 제칠수와 제구수를 출수하며 외쳤다.

하지만 그가 모르는 사실이 있었다.

무명은 매화나무 가지를 밟고 설 만큼 내공고수였으나 또 하나의 능력이 있지 않은가?

직접 본 모든 무공의 원리를 파악한 뒤 그대로 따라 하는 능력.

눈은 기억한다.

이로의 검로가 슬쩍 방향을 트는 순간 무명은 이미 그가 다른 수법을 쓰리라고 예상했다.

이로의 검은 분명 전광석화처럼 무명에게 날아들었다.

그러나 무명의 눈은 더욱 빨랐다.

이로의 검로가 제칠수와 제구수로 이어지는 찰나, 검로가 향하는 길과 초식의 원리를 한눈에 깨우친 무명은 즉시 똑같은 모습으로 병장기를 휘둘렀다.

그 결과 이로보다 빠르게 제칠수와 제구수를 펼쳐서 그의 손목을 후려갈겼다.

탁!

자신과 똑같은 모습으로 펼쳐진 이십사수매화검법.

이로는 자신의 수법에 스스로 당한 줄 알고 비명을 질렀다.

"아아아악!"

그러나 다음 순간 그는 어리둥절해서 고개를 내렸다.

"뭐, 뭐야?"

무명의 검에 베어졌어야 할 손목이 그대로 붙어 있는 게 아닌가?

그제야 이로는 무명이 지금 검이 아니라 매화나무 가지로 싸우고 있다는 것을 깨달았다.

"⋯⋯."

이로는 멍하니 한숨을 쉬었다. 너무 놀란 나머지 표정이 바뀔 겨를도 없었던 것이다.

그럼 검과 검이 부딪쳐서 터졌던 파공음은 무엇이란 말인가?

설마 매화나무 가지가 강철이 될 만큼 검기(劍氣)를 불어 넣었다고? 그런 자는 당금 중원 무림에서 다섯 손가락 안에 꼽힐 고수일 텐데?

그보다 더욱 놀라운 것은…….

"대체 어디서 화산파 무공을 훔친 거냐? 뭐가 이렇게 빨라?"

그러나 말은 훔쳤다고 하고 있어도 그의 마음속은 달랐다. 무공 고수인 이로는 무명이 검초를 보는 순간 원리를 터득하고 시전했다는 사실을 느끼고 있었던 것이다.

자신과 상대의 차이는 바로 속도.

무명이 무감정한 목소리로 말했다.

"빠르다고? 전광석화 같은 합공은 화산쌍로가 자랑하는 수법 아니었나?"

"그건 그렇지만……."

"이제부터 네놈들이 내 속도에 맞춰라."

"……!"

"아니면 죽을 테니까."

무명이 매화나무 가지를 치켜들며 기수식을 취했다.

바로 화산파 고유의 기수식.

그때였다.

무명의 뒤에서 그림자 하나가 소리를 죽인 채 몸을 날렸다.

어느새 뒤로 돌아간 일로가 아무 말 없이 등 뒤를 급습했던 것이다.

무명이 뒤로 고개를 돌리는 찰나, 때를 맞춰서 이로도 땅을 박차며 몸을 날렸다.

"하아아아!"

상대의 전후를 동시에 노리는 검세.

약관의 나이부터 중원 무림에 악명을 떨쳤던 화산쌍로. 둘은 무명이 쉽게 이길 수 없는 상대라는 것을 직감하고 급습을 감행해서 합공을 펼친 것이었다.

무명은 피식 쓴웃음을 지은 뒤 화산쌍로가 코앞까지 다가오기를 기다렸다.

그리고 두 개의 검이 몸을 꿰뚫으려는 찰나, 매화나무 가지로 큰 원을 그리며 앞뒤에서 날아드는 검을 동시에 대응했다.

검 두 자루와 매화나무 가지가 허공에서 충돌했다.

쩌어어엉!

또다시 금속음이 폭발했다.

순간 화산쌍로는 씨익 미소를 지으며 동시에 생각했다

'이번 경우는 앞서와 다를 것이다!'

둘은 지금 검초에 평생 쌓은 내력을 남김없이 쏟아부었다.

게다가 둘의 검은 화산파에서 대대로 이어 내려오는 고검(古劍)으로, 평소 강호의 보통 명검쯤은 두부 썰듯이 잘라 버리곤 했던 것이다.

반면 무명이 든 것은 어린아이도 손쉽게 꺾을 수 있는 매화나무 가지가 아닌가?

이제 매화나무 가지는 한겨울에 흩날리는 눈발처럼 산산조각이 나리라.

남은 것은 괘씸한 환관 놈을 도륙하는 것뿐.

그런데 둘의 검이 슬쩍 방향을 트는가 싶더니 엉뚱한 곳을 찌르는 것이었다. 하필이면 둘의 검로는 서로를 향하고 있었다.

이대로라면 일로는 이로의 가슴을 찌르고 이로는 일로의 목을 찌르게 될 터.

화산쌍로가 경악하며 외쳤다.

"미쳤냐? 왜 나를 찌르려고 해?"

"검이 말을 안 들어! 너야말로 검을 멈추라고!"

둘은 황급히 검을 회수하려고 했다.

순간 손목이 점혈을 당한 것처럼 마비되면서 검을 쥔 손바닥의 호구가 찢어질 듯이 아픈 것이 아닌가?

"……!"

둘은 극심한 고통 때문에 제대로 검을 회수하지 못했다. 그 바람에 서로 상대의 목과 가슴에 길게 검상을 내고 말았다.

"크윽!"

"크아악!"

그때 아무 감정도 없는 목소리가 들렸다.

"듣기 시끄럽군."

무명이 한심하다는 눈빛으로 둘을 쳐다보고 있었다. 매화나무 가지는 멀쩡했다.

"목을 베어야 돼지 멱따는 소리가 안 들릴까."

"네놈……."

화산쌍로가 저린 팔을 부여잡은 채 이를 갈고 있을 때였다.

"멈춰라!"

찢어지는 목소리로 외친 자는 화산이표의 사사제였다.

"항복하지 않으면 이년의 목을 베겠다!"

무명이 밟고 있던 검날을 발로 튕기자 자기 힘을 이기지 못하고 넘어가서 바닥을 나뒹굴었던 사사제.

그는 무명과 화산쌍로 사형들이 싸우는 틈을 타서 몰래 이동했다.

그리고 점혈당해서 꼼짝 못 하고 있는 송연화의 뒤로 접근한 뒤 그녀의 검을 들고 인질로 삼은 것이었다.

사사제가 송연화의 뒤에서 목에 검을 갖다 댔다.

"당장 병기를 버리고 항복해라! 안 그러면……."

"병장기? 이거 말이냐?"

"……."

무명이 손에 든 매화나무 가지를 들어 보였다.

사사제는 그만 말문이 막혀 버렸다.

그는 무명이 엄청난 무공 수위로 화산쌍로를 찍어 누르는 바람에 마치 천하의 명검을 들고 있는 것으로 착각했던 것이다.

잠시 멍하니 있던 사사제가 곧 정신을 차리고 말했다.

"어쨌든 항복하고 망자비서를 내놓아라! 그러면 이년의 목숨은 살려주겠……."

그때 송연화가 말을 자르며 소리쳤다.

"나는 상관없으니 이 음탕한 놈을 당장 죽여요!"

"뭐, 뭐라고?"

사사제는 다시 한번 놀라서 입을 다물었다. 자신의 목에 검이 걸쳐져 있는데 상대를 죽이라고 말하는 여인은 대체 어떤 강심장이란 말인가?

게다가 이어지는 무명의 대답이 사사제의 심장을 얼어붙게 만들었다.

"말 안 해도 그럴 생각이었소."

"……!"

탓.

무명의 신형이 자리에서 사라지는가 싶더니 어느새 송연화와 사사제의 일 장 앞으로 날아왔다.

무명이 중지를 구부렸다가 매화나무 가지를 튕겼다.

탁! 쌔애애액!

구부정하게 구부러진 매화나무 가지가 마치 공기저항을 적게 받도록 만들어진 암기처럼 빠른 속도로 사사제의 양미간으로 날아들었다.

사사제가 깜짝 놀라서 황급히 고개를 돌려 피했다.

매화나무 가지는 다행히 그의 양미간에서 빗나갔다. 하지만 도중에 꽃송이가 스쳐 지나가자 그의 귓볼이 반쯤 떨어져버리고 말았다.

"아악!"

"운 한번 좋은 놈이군."

무명이 냉담하게 중얼거리면서 그의 양미간을 향해 검지를 뻗었다.

스스스스.

귓볼이 떨어지는 고통에 비명을 질렀지만 사사제는 입술을 깨물며 정신을 차렸다.

무명은 아직 일 장 밖에 있었다. 제아무리 엄청난 무공을 선보였다고 해도 그가 지법(指法)을 출수하는 것보다 자신이 송연화의 목을 베는 것이 더 빠르리라.

화산사표 중 막내인 사사제.

그는 평생 화산쌍로와 다른 사형들의 사랑을 받고 자랐다. 만나는 강호인마다 그의 앞에서 쩔쩔매기 일쑤였다. 누가 감히 대화산파의 촉망받는 후기지수를 모욕한다는 말인가?

조금만 마음에 안 들어도 그는 가차 없이 강호인의 목을 베었다.

아무도 화산파에 복수할 생각은 하지 못했다.

그런데 오늘 환관과 여인한테 이런 수모를 당했으니…….

사사제가 검을 쥔 손에 힘을 넣었다. 오늘 내가 죽는 한이 있더라도 이년의 목을 베고 말 것이다!

물론 그는 정말 죽는다는 생각은 하지 않았다.

송연화의 목이 떨어지면 환관이 놀라서 초식을 멈출 것이고, 그 틈에 사형들이 그를 제압하리라고 철석같이 믿었던 것이다.

하지만 그 생각은 착각이었다.

스스스… 쉬이이익!

느릿느릿 날아오는 것처럼 보이던 무명의 검지가 어느 순간 전광석화의 속도로 날아드는 것이 아닌가?

"……!"

사사제는 깜짝 놀랐으나 송연화의 몸을 잡아끌어서 자신의 앞을 막았다. 동시에 검으로 그녀의 목덜미를 베었다.

인질을 앞에 세워서 적을 당황하게 만든 뒤 인정사정 두지 않고 인질의 목을 벤다.

악독하기 짝이 없는 수법.

곧 여인의 목이 바닥에 떨어지고 환관은 당황해서 손을 멈추리라.

사사제가 입꼬리를 말아 올리며 씨익 웃을 때였다.

퍽!

갑자기 이마에서 둔탁한 소리가 나더니 붉은 핏줄기가 주르륵 흘러내렸다.

"……?"

어느새 사사제의 양미간에 깊은 구멍이 뻥 뚫려 있었다.

그는 영문을 몰라서 두 눈을 위로 치켜뜨다가 도중에 숨통이 끊어지며 쓰러졌다.

무명이 송연화에게 물었다.

"이제 됐소?"

"네. 수고했어요."

"별말씀을."

무명은 무심하게 고개를 끄덕이다가 천천히 뒤를 돌아봤다.

그리고 말했다.

"다음 죽을 차례는 누구냐?"

화산사표 사사제는 송연화의 목을 베려고 작심했다.

아직 일 장 거리를 떨어져 있는 무명.

그가 지법(指法)을 출수한다고 해도 자신의 검이 먼저 여인의 목을 베어버리리라.

하지만 그의 계산은 착각이었다.

퍽!

갑자기 양미간이 뜨끔하면서 핏물이 두 눈 사이로 주르륵 흘러내렸다.

사사제는 영문을 알 수 없었다.

환관은 분명 검지를 출수하는가 싶더니 다시 회수했다. 검지가 닿지도 않았는데 이마가 박살 나다니? 중원 천지에 그런 무공이 어디 있다는 말인가?

"어, 어떻게……."

깊은 의문은 영영 풀리지 않았다.

그의 숨통이 이미 끊어졌기 때문이다.

명문정파의 후기지수로 강호를 종횡하며 부녀자 겁탈과 패악질을 일삼았던 화산이표의 사사제. 그는 허망한 눈을 감지 못한 채 서 있는 자세로 절명했다.

무명이 뒤를 돌아보며 말했다.

"다음 죽을 차례는 누구냐?"

그러다가 살짝 한숨을 쉬며 고개를 젓는 것이었다.

"아니, 귀찮군. 다 함께 덤벼라. 동시에 죽여줄 테니."

무명이 죽은 사사제의 손에서 송연화의 검을 낚아챈 다음 몸을 날렸다.

탓.

살짝 땅을 박찬 것 같은데 무명의 신형이 화산쌍로의 코앞으로 날아들었다.

"……!"

화산쌍로는 경악해서 검을 꼬나쥐고 무명을 상대했다.

절정고수 수준의 무위에 근접한 화산쌍로.

둘은 무명이 삼사형을 한 손으로 제압할 때부터 그가 엄청난 고수라는 사실을 깨달았다. 이유는 알 수 없으나 수풀 속에 처박혔던 환관이 몸을 일으켰을 때부터 일이 심상치 않다는 걸 눈치챈 것이다.

때문에 화산쌍로는 필살의 각오로 검을 출수했다.

눈앞의 환관이 절정고수의 반열에 올랐다는 것은 의심의 여지가 없다.

하지만 아군은 모두 셋.

삼 대 일의 싸움. 게다가 화산파 검법을 기습적으로 출수한다면 충분히 승산이 있으리라.

화산쌍로는 서로 눈빛을 교환하는 것만으로 그런 생각을 주고받았다.

"받아랏!"

말은 그렇게 했지만 화산쌍로의 속셈은 따로 있었다.

타앗!

둘은 당장 검을 출수하지 않고 땅을 박차며 양옆으로 몸을 날렸다.

정면이 아니라 적의 좌우에서 동시에 들어가는 전법. 바로 화산쌍로의 장기인 합공이었다.

이어서 둘이 회심의 검초를 펼쳤다.

우우우웅!

검 끝에서 검성이 울릴 만큼 강맹한 내력이 실린 초식.

화산파의 최고 검법인 이십사수매화검법이었다.

먼저 이로는 무명을 상대로 이십사수매화검법을 시전했으나 패배하고 말았다.

하지만 지금은 상황이 달랐다.

[흉내 내기로는 이십사수매화검법의 극의를 당해낼 수 없어!]

[좌우에서 합공해서 단숨에 놈을 요절내자고!]

화산쌍로는 전음으로 필승을 다짐했다.

둘은 손발이 척척 맞는 합공으로 강호의 웬만한 적은 찍어 눌렀다. 하지만 진짜 고수를 만나면 기습적으로 이십사수매화검법을 써서 상대의 목숨을 빼앗았던 것이다.

변과 쾌를 중심으로 하는 화산파 검법.

이십사수매화검법은 변과 쾌를 극성까지 끌어올려서 환(幻)과 산(散)의 경지에 이르는 것을 목표로 했다.

즉, 극의에 도달하면 현란한 검초가 상대방의 눈에 환각을 불러일으키며, 수십 개의 검기가 상대방의 몸에 산개하며 터지는 것이다.

지금 화산쌍로의 검초가 그랬다.

"죽어랏!"

둘의 검 끝이 수십 개로 잔상을 남기며 무명의 몸에 쏟아졌다.

하지만 화산쌍로는 두 가지 실수를 저지른 사실을 미처 깨닫지 못했다.

첫째, 무명이 매화나무 가지가 아니라 이제 검을 들고 있다는 것.

둘째, 무명이 이로를 상대로 이십사수매화검법을 펼쳤던 것은 단순한 흉내 내기가 아니라 이매망량의 살수로서 무명이 지닌 특수 능력이라는 것.

수십 개의 검 끝이 자신에게 날아올 때.

무명은 피식 냉소를 날렸다.

"제법 날카롭군."

그리고 검을 빙글 돌려서 이십사수매화검법을 출수했다.

우웅우웅우우웅!

무명의 검 끝에서 수십 개의 검화(劍花)가 피어나 폭죽처럼 화산쌍로를 향해 터졌다.

"······!"

화산쌍로는 그야말로 대경실색했다.

무명의 이십사수매화검법은 단순히 베낀 것이 아니었다.

오래전에 죽은 스승이 말한 가르침. 이십사수매화검법의 극의에 이르면 짙은 매화 향을 발하는 검화가 핀다.

그런데 눈앞의 무명이 펼치는 검초가 딱 그러하지 않은가?

쩌쩌쩌쩌쩡!

무명의 검이 화산쌍로가 펼친 수십 개 검로를 하나도 빠짐없이 튕겨냈다.

이어서 무명이 이십사수매화검법의 마지막 초식을 출수했다.

제이십사수(第二十四手) 매화만리향(梅花萬里香).

퍼퍼퍼퍼펑!

수백 개가 넘는 검화가 화산쌍로 일로의 몸에 비처럼 쏟아졌다.

"……."

일로는 짙은 매화 향을 맡은 기분이 들었다. 이게 바로 스승님이 말씀하셨던 이십사수매화검법의 극의구나…….

평생을 두고 수련한 이십사수매화검법의 완성을 생전 처음 눈앞에서 목격한 찰나 화산쌍로 일로의 목숨은 다하고 말았다.

털퍼덕.

이미 시신이 된 일로가 힘없이 땅에 엎어졌다.

무명이 발끝으로 툭 건드려서 일로의 몸을 돌렸다.

그의 얼굴은 인피면구를 쓰고 있어서 이로와 아무 차이점이 없었다. 단지 인피면구로도 가릴 수 없는 눈빛만이 자신의 죽음을 절대 믿지 못하겠다는 것처럼 참담함을 띠고 있었다.

무명이 이로를 보며 물었다.

"이놈이 일로냐, 이로냐?"

"…일로다."

"일로가 먼저 갔으니 차례는 제대로 됐군."

무명의 목소리에는 아무 감정도 없었는데, 그것이 이로의 심장을 더욱 얼어붙게 만들었다.

이로가 목소리를 떨며 말했다.

"네놈, 예전의 그 환관이 맞냐?"

"맞는데? 사람도 못 알아보는 그 눈깔부터 빼줄까?"

"아니. 네놈은 분명 변했어. 주작호에서 볼 때와는 전혀 다른 사람으로……."

이로가 침을 꿀꺽 삼키더니 어떤 결정을 내린 것 같았다.

"망자비서는 필요 없다. 그러니……."

"목숨은 살려달라는 거냐?"

"그렇다……."

화산쌍로는 화산파에 같은 날 입문해서 평생을 쌍둥이 형제처럼 함께 다녔다.

그러나 자기 목숨이 경각에 달하자 이로는 일로의 복수보다는 자기 안위를 먼저 살핀 것이다. 그는 무명이 명령하면 두 무릎이라도 꿇을 눈빛이었다.

무명이 무감정한 목소리로 대답했다.

"그럴 수는 없지. 주작호에서 당한 빚을 받아야 하니까."

"빚이라고? 그 일로 아직 화가 났다면 무슨 짓이라도 할 테니까……."

"됐어."

무명이 말을 자르며 검을 출수했다.

"그냥 목숨으로 갚아라."

"……!"

이로의 두 눈이 크게 뜨이는 순간, 제이십사수매화 만리향이 그의 몸에 쏟아졌다.

퍼퍼퍼퍼펑!

이로의 몸이 수백 개의 검화에 직격당해서 춤을 추었다.

검화가 지나가자 목숨이 다한 이로가 쓰러졌는데 하필 일로의 시신 위였다.

털퍽.

절묘한 합공과 악독한 손속으로 강호에 악명을 떨쳤던 화산쌍로.

둘은 우스꽝스럽게 겹쳐진 모습으로 목숨을 다했다. 그간의 위명을 생각할 때 허망하기 그지없는 최후였다.

마지막으로 남은 화산파 일당은 단 한 명.

무명이 스윽 고개를 돌리자 화산이표의 삼사형이 떨리는 목소리로 말했다.

"사, 살려주시오!"

화산쌍로보다 더욱 거만하던 그의 말투가 이제 존대로 바뀌어 있었다.

"살려달라고? 이유라도 있나?"

"이유라면… 있소! 그간 일은 모두 사형들이 시킨 것이오!"

삼사형이 검지로 화산쌍로의 시신들을 가리켰다.

"나는 망자비서 따위 처음부터 관심 없었소! 하지만 사형들과 화산사표가 모두 망자비서 찾느라 정신이 나갔는데 나 혼자 뭘 어찌할 수 있었겠소?"

"그랬군."

무명이 천천히 고개를 끄덕였다.

그가 수긍하는 눈치를 보이자 삼사형은 기회를 잡았다고 느끼고 말을 쏟아냈다.

"게다가 억울하오!"

"억울? 무엇이?"

"곤륜파 여인을 희롱한 건 내가 아니라 사사제요!"

그는 송연화를 쳐다보며 말했는데, 그녀의 환심을 사서 위기를 벗어나려는 수작임이 뻔히 들여다보였다.

"사사제는 음욕이 강해서 항상 말썽이었소! 나는 당신에게 손끝 하나 안 대지 않았소? 그런데 정작 뺨을 맞은 건 나이니, 어찌 억울하지 않을 수 있겠소?"

"…그건 그렇군요."

몸이 마비돼서 고개는 못 끄덕이지만 송연화도 삼사형의 말에 수긍했다.

생각해 보니 몸을 더듬으며 희롱한 것은 사사제가 아닌가?

무명이 삼사형의 뒷덜미를 틀어쥐고 어떻게 할지 물었을 때 그녀는 분한 마음이 앞서서 따귀를 치라고 말했다. 그런데 지금 그의 말을 듣고 보니, 확실히 뺨을 맞을 자는 사사제이지 삼사형은 아니었던 것이다.

애기가 통하는 듯싶자 삼사형은 자신의 얼굴을 보이면서 말을 이었다.

"이것 보시오! 내 얼굴은 피떡이 되었고 이는 일고여덟 개가 빠졌소. 이만큼 상처를 입었으니……."

"목숨은 살려달라?"

"그렇소!"

무명의 말에 삼사형이 세차게 고개를 끄덕였다.

"과연 화산파로군. 명문정파가 오랜 세월 중원을 지배한 이유를 알겠군."

"무슨 뜻이오?"

"위기 때마다 삼십육계 줄행랑을 시전해서 오래 살아남는 것이 감탄할 만해서요."

"그렇소, 헤헤헤."

삼사형은 사문을 모욕하는 말을 듣고도 비굴하게 웃음을 흘렸다.

"그럼 살려줄까?"

"고, 고맙소!"

무명은 심드렁한 눈으로 그를 쳐다보다가 송연화를 보며 물었다.

"연화, 이자를 어떻게 하면 좋겠소?"

그 말에 삼사형도 송연화를 돌아봤다. 무명이 이미 살려준다는 말을 했으니 기대에 가득찬 눈빛이었다.

그런데 송연화가 얼음장처럼 싸늘하게 말했다.

"죽이세요."

"뭐라고?"

삼사형이 깜짝 놀라며 반문했다.

"대체 왜? 나는 당신을 희롱한 적 없소!"

"상관없어요. 어쨌든 당신은 사형제 세 명이 죽은 자리에 있잖아요?"

"……!"

"당신이 돌아가면 사문에다 다른 사형제 셋을 죽인 자의 이름을 대겠죠."

"저, 절대 말하지 않고 비밀로 하겠소!"

"믿을 수 없군요. 나라면 후환을 없애는 쪽을 선택하겠어요."

삼사형이 입을 딱 벌리고 놀랄 때 송연화가 무명을 돌아보며 물었다.

"죽여서 후환을 없애요."

"……."

무명은 아무 말 없이 천천히 고개를 끄덕였다.

그것을 본 삼사형이 발광하며 소리쳤다.

"이건 억울해! 난 아무 짓도 안 했잖아!"

무명은 그의 말에 웃음도 나오지 않았다.

삼사형은 방금까지 사형제와 함께 무명과 송연화를 죽이려던 일은 까맣게 잊은 눈치였다. 남의 목숨은 벌레처럼 여기면서 자기 목숨은 금은보화보다 소중히 아끼는 것은 혹도 무리나 명문정파인이나 다를 게 없었다.

"들었지? 너도 죽어야겠다."

"마, 말도 안 돼!"

삼사형이 외쳤다.

"방금 살려준다고 했잖소? 남아일언중천금인데 어찌 한 입으로 두말이오?"

"나는 보시다시피 환관이다. 너희는 환관을 남자로 여기지 않을 텐데?"

"……!"

삼사형은 말문이 막혀서 멈칫거리더니 곧 몸을 돌려 달아나기 시작했다.

그러나 다음 순간, 휙 하고 바람 소리가 나더니 삼사형의 정면에 무명의 신형이 나타나는 것이 아닌가?

삼사형은 깜짝 놀라서 뒤로 넘어질 뻔하다가 간신히 균형을 잡았다.

"제, 제발!"

"슬슬 짜증 나는군. 그냥 죽어라."

"왜? 이렇게 사정하는데 대체 왜 그러는 거냐?"

그러자 무명이 무감정한 목소리로 대답했다.

"왜냐고? 네놈은 벌레를 밟을 때도 이유를 따지나?"

삼사형의 얼굴이 핏기가 가시며 새하얗게 질렸다.

그가 몸을 돌려 비틀거리며 달렸다. 몸은 도망치고 있으나 머리는 이미 자신은 죽었다는 것을 직감한 것처럼.

무명은 도망치는 삼사형을 조용히 쳐다보다가 손에 든 검을 공중에 튕겼다.

그리고 검이 공중에서 빙글 돌아갈 때를 노려 검 자루를 발로 찼다.

탁! 쎄애애액!

강궁이나 암기보다 더욱 빨리 날아간 검이 삼사형의 가슴을 관통했다.

파악!

그러고도 검은 기세가 죽지 않아 열 장을 더 날아간 뒤 건물의 벽에 깊숙이 박혔다.

망자비서를 노리고 잠행조의 앞을 가로막은 화산파 사형제 네 명이 무명 한 명에게 농락당하고 최후를 맞이한 것이다.

화산파 고수 네 명을 가볍게 처치한 무명.

하지만 그의 얼굴은 강호의 삼류 무사들을 상대로 한 수 가르쳐 줬다는 것처럼 아무 감정 없이 냉정했다.

무명이 송연화에게 다가가서 세 번 검지를 출수했다.

파파팟.

그는 검지를 그녀의 몸에 닿기 전에 회수했는데, 그것만으로도 검지에서 뻗어 나온 내력이 혈맥을 관통하여 송연화의 점혈이 풀려 버렸다.

뻣뻣하게 서 있던 송연화가 몸을 움직이며 말했다.

"고마워요."

"천만의 말씀."

그녀는 양미간에 구멍이 뚫린 채 죽은 사사제를 내려다봤다.

"일 장 밖에서 검지를 출수해 이마에 구멍을 뚫는다고요? 대단한 내공진기군요."

그랬다. 사사제가 그녀의 목을 베려고 하는 찰나, 무명은 일 장 떨어진 곳에 있었다. 하지만 그의 검지에서 나온 내력이 사사제의 양미간을 꿰뚫은 것이다.

"이마뼈는 사람 몸에서 가장 단단한 곳 중의 하나예요. 명문정파의 이름난 지법(指法)도 이마뼈를 뚫기는 쉽지 않아요."

"과찬이오."

"꼭 소림사의 대력금강지를 보는 것 같은 수법이군요."

"……"

송연화의 말에 무명은 묵묵부답으로 입을 다물었다.

그때 무명이 양미간을 심하게 구겼다.

"무슨 일이죠?"

"엎드리시오."

눈치 빠른 송연화는 변고가 생긴 것을 직감하고 엎드리려고 했다. 하지만 오랜 시간 점혈되었던 바람에 몸이 뜻대로 움직이지 않았다.

그녀가 멈칫거리고 있을 때 무명의 신형이 눈앞에서 사라졌다.

휙.

동시에 날카로운 무기가 바람을 가르는 소리가 귀청을 찔렀다.

쉬쉬쉬쉭!

이어서 하늘에서 대여섯 발의 강궁이 송연화를 향해 날아왔다.

"…무명!"

송연화가 깜짝 놀라 소리치는 찰나, 무명의 신형이 그녀의 등 뒤를 막아서더니 날아오는 강궁 화살을 모조리 손으로 잡아채는 것이 아닌가?

타다다닥.

철을 뒤집어씌운 방패도 뚫는다는 금위군의 강궁 세례.

그러나 무명은 어린아이가 던진 돌멩이를 잡듯이 한 발도 빠짐없이 강궁을 공중에서 낚아채 버린 것이었다.

목숨을 건진 송연화가 눈살을 찌푸리며 물었다.

"대체 누가 강궁을 쏜 거죠?"

"몰라서 묻소?"

무명이 고개를 돌려서 지붕 위를 둘러봤다. 어디서 강궁을 쏘았는지 지붕 위에는 금위군의 그림자가 하나도 보이지 않았다.

그가 피식 냉소를 흘리며 대답했다.

"황제가 기르는 개들이 나타났군. 황궁 내원에 대역죄인이 들어왔으니 강궁 말고 더한 것을 쏴서라도 침입자를 제거해야 되지 않겠소?"

"……."

무명이 금위군을 두고 황제의 개라고 칭하자 송연화는 할 말을 잃고 입을 다물었다.

"무당파 청성은 호랑이로 여겼는데 알고 보니 여우였군."

그가 송연화는 아랑곳 않으며 말을 이었다.

"어차피 대역죄인은 죽은 목숨. 일단 강궁으로 죽인 뒤에 품을 뒤져서 망자비서를 빼앗으면 그만이라고 생각했나? 화산파보다는 분명 영리하군."

"설마 금위군 총대장에 오른 자가 이런 짓까지 벌일 줄이야……."

송연화가 이를 부드득 갈았다.

그때였다.

무명이 눈썹을 찡그리며 말했다.

"두 번째 시위를 메기고 있군."

"그게 정말인가요?"

송연화가 깜짝 놀라며 물었다. 자신의 귀에는 아무 소리도 안 들렸는데 무명은 어디에 있는지조차 모르는 금위군의 기척을 들었기 때문이다.

"꽉 잡으시오."

"뭘 말이에요?"

송연화가 어리둥절한 눈으로 쳐다볼 때, 무명이 손을 뻗어 그녀의 허리를 감았다. 그리고 땅을 박차며 공중으로 도약했다.

휙!

순간 어두운 하늘에서 강궁 세례가 쏟아졌다.

파파파팍! 수십 발의 강궁이 방금 무명과 송연화가 있던 땅바닥에 우수수 박혔다. 그대로 자리에 있었다면 순식간에 강궁에 꿰여서 목숨을 잃었으리라.

송연화는 무명이 흡성신공으로 내공고수가 된 사실을 잘 알고 있었다. 하지만 막상 무명의 능력을 접하자 그의 무위가 상상을 뛰어넘는다는 것을 깨달았다.

부우웅!

무명은 송연화를 가볍게 안은 채 지상에서 십여 장 위의 공중을 날았다.

곤륜파의 운룡대팔식을 자유자재로 쓸 만큼 경신법의 고수인 송연화.

하지만 아무리 경신법이 뛰어나도 사람이 새처럼 하늘을 날 수는 없다. 그런데 지금 무명은 어떤 새보다도 더 빨리 공중으로 뛰어올랐던 것이다.

고개를 내리자 땅바닥이 까마득히 멀리 보였다.

또한 내원 건물의 지붕 위에 수백 명이 넘는 금위군들이 은신해 있는 장면이 시야에 들어왔다. 그들은 개미 새끼처럼 작게 보였다.

문득 송연화가 킥킥대며 웃었다.

"뭐가 우습소?"

"금위군이 우리가 어디로 갔는지 행방을 찾고 있어요."

그녀의 말에 무명도 피식 미소를 지었다.

두 번째 강궁을 쏘며 금위군은 침입자를 잡았다고 생각했으리라.

그런데 화살은 맨땅에 꽂혔으며 침입자들은 감쪽같이 사라졌으니 금위군이 어리벙벙한 눈으로 내원을 살피는 것도 무리가 아니었다.

"저기 봐요. 금위군들이 서로 다른 데를 쳐다보네요."

그녀가 검지로 한 건물의 지붕을 가리켰다.

"황제의 금위군을 바보로 만들다니, 당신 정말 대단하군요."

"그렇소?"

곧 무명과 송연화의 신형이 정점에 오른 뒤 아래로 떨어지려고 했다.

그때 무명이 발로 허공을 차며 다시 한번 도약했다. 그러자 둘은 곧장 추락하지 않고 길게 포물선을 그리며 밤하늘을 날았다.

송연화가 감탄하며 말했다.

"내 운룡대팔식을 응용한 수법이군요!"

"당신도 눈썰미 하나는 뛰어나군."

"맞아요. 내 눈은 절대 속일 수 없죠."

길게 공중을 가로지른 무명은 중간에 한 번 건물 지붕을 밟고 재차 도약했다. 둘은 건물과 화원을 몇 개씩 뛰어넘으며 하늘을 날았다.

이윽고 무명은 허공을 차며 작고 조용한 건물로 향했다.

무명과 송연화는 지붕 위에 가볍게 착지했다. 경신법의 고수답게 둘은 발소리 하나 내지 않았다.

"내원과 멀리 떨어졌으니 금위군은 당분간 우리를 찾지 못할 것이오."

"잘했어요."

송연화가 고개를 끄덕인 다음 두 발로 제대로 서려고 했다.

그런데 무명이 그녀의 허리를 감은 손을 풀지 않는 것이 아닌가?

송연화가 얼굴을 붉히며 말했다.

"왜 그래요? 설마 지금 여기서……."

"옷이 무척 두텁군."

무명이 꺼낸 말이 뜻밖이었다.

"한겨울이라 솜옷을 입은 것도 아닐 테니, 옷을 몇 벌 겹쳐 입었다는 뜻이지."

"······."

송연화는 입을 다문 채 대답을 못했다.

창천칠조는 지하 도시 잠행 때 흑건을 쓰고 흑의를 걸치고 왔다. 송연화 역시 흑의를 입고 있었다.

그런데 그녀가 걸친 흑의는 꽤 품이 넉넉해 보였던 것이다.

"흑의 속에 황궁 의복을 겹쳐 입은 것이 아니오?"

"······."

"지하 도시에서 내원으로 나오는 데 조금도 거리낌이 없었던 것도 그래서였군."

"당신은 정말 속일 수가 없군요."

송연화가 눈을 흘기며 말했다.

"그래요. 내원으로 나오면 흑의를 벗고 궁녀로 돌아가려고 했어요."

"혹시 금위군에게 잡힐지 모르니까?"

"맞아요. 나라도 잡히지 않아야 귀비에게 말해서 당신들을 풀어줄 것 아니에요?"

"좋은 심계였소. 그럼 궁녀로 가장해서 당신 할 일을 하시오."

"당신은요?"

"나도 내 할 일을 하겠소."

"육룡채로 가서 만련영생교의 잔당을 소탕할 생각이군요.

나도 같이 가서······."

그때 무명이 고개를 저었다.

"나 혼자 가겠소."

"아니, 왜요?"

"굳이 이유를 듣고 싶소?"

무명이 지그시 송연화를 쳐다봤다. 어느새 그의 눈빛이 싸늘한 냉기를 띠는 것을 넘어서 살기가 가득 담겨 있었다.

그 눈빛에 송연화가 움찔하며 놀라다가 말했다.

"왜 그런 눈으로 나를 보는 거죠?"

"···당신은 화산파한테서 내 목숨을 지키려고 했으니 갚아야 될 빚이 있는 셈 치지."

"그게 무슨 뜻이에요?"

송연화가 무슨 말인지 몰라서 어리둥절한 눈으로 바라볼 때, 무명이 손을 풀며 품에 안은 그녀를 놓아주었다.

"나를 다시 찾지 마시오."

무명은 송연화에게서 등을 돌렸다.

그리고 멍청히 서 있는 그녀를 남겨둔 채 지붕을 박차며 공중으로 뛰어올랐다. 곧이어 무명의 신형은 어두운 밤하늘 속으로 들어가 사라져 버렸다.

내원을 떠난 무명은 계속해서 지붕 위를 징검다리처럼 건너 뛰며 이동했다.

부웅, 부웅.

황궁 위를 나는 전서구도 떨어뜨린다는 금위군의 강궁.

그러나 강궁은 날아오지 않았다.

황궁을 지키는 금위군은 한때 십만 명을 넘었다. 하지만 지금은 그 숫자가 수만 명에 불과했다. 또한 최근 주작호 사태 등의 일로 수가 대폭 줄어 있었다.

아무리 그래도 북문을 지키는 금위군조차 없을 줄이야……

북문에 온 무명은 기가 막혀서 중얼거렸다.

"황제가 무슨 흉계를 꾸미고 있군."

왠지 낌새가 수상했다.

어쨌든 황궁에 역적이 들어오든 말든 무명은 상관없는 일이었다.

그는 황궁 주위를 둘러싼 통자하를 단숨에 뛰어넘었다. 그리고 삼 장 높이의 담장을 넘어서 황궁을 나왔다.

계속해서 무명은 도성의 건물 지붕을 건너뛰며 달렸다.

송연화와 헤어지고 차 한 잔 마실 시간이 지났을 때, 그는 육룡채가 있는 거리에 도착했다.

해가 막 뜨기 전의 새벽녘.

골목 몇 번만 지나면 사람들이 사는 평범한 거리가 나온다. 그러나 육룡채는 골목의 어둠 속에 몸을 웅크린 괴물처럼 느껴졌다.

망자 창궐 때문이리라.

청면을 비롯한 육룡채의 흑도 무리가 집단으로 감염되지 않았는가?

망자가 출몰했다는 소문을 듣고 피난 가지 않을 사람은 없다. 그 증거로 육룡채뿐 아니라 주위의 거리는 빛 한 점 없이 음침하고 적막했다.

언제 어디서 망자가 튀어나와도 이상하지 않을 분위기.

무명은 육룡채로 들어갔다.

건물과 건물이 끝없이 이어지는 육룡채는 복도와 계단이 미로처럼 복잡하게 얽혀 있었다.

수천 명의 군대가 행군할 수 있는 통로.

또한 건물이 증축되면서 사람들의 눈에서 가려진 곳.

바로 지금 무명이 찾고 있는 지하 도시의 출구였다.

이제 만련영생교의 흑의인들이 그곳을 통해 지상으로 쏟아져 나오리라.

미로 같은 육룡채를 무작정 돌아다니며 출구를 찾는 것은 시간 낭비다. 무명은 이동을 멈추고 좋은 방법이 없을까 궁리했다.

"어떻게 한다?"

곧 생각이 정리되었다.

일단 육룡채의 지하실을 모두 조사한다. 지하 도시의 출구가 있을 가능성이 가장 높은 곳은 지하실이니까.

이어서 원래는 그냥 평지였으나 건물이 증축되는 바람에 사방이 막혀 버린 곳을 조사한다.

애초에 육룡채에 지하 도시의 출구가 있으리라고 생각한 까닭도 거기에 있었다. 건물이 증축되면서 사람들의 눈에 띄지 않도록 가려져 버린 곳.

게다가 그런 곳에 물이 마른 우물이 있다면?

바로 지하 도시의 출구이리라. 수복화원의 우물이 그랬던 것처럼.

무명은 방향을 어림짐작해서 동쪽부터 찾기로 했다.

동남서북 순서로 크게 돌면서 점점 육룡채의 중심을 향해 이동한다. 그러면 어느 순간 출구를 발견하리라.

무명은 머리에 쓴 흑건을 펼쳐서 육안룡을 꺼냈다. 그러자 야광주인 육안룡이 음침한 복도를 환하게 밝혔다.

"아직까지 명문정파의 도움을 받을 줄은 몰랐군."

그는 피식 쓴웃음을 지었다.

그때였다.

복도 모퉁이에서 그림자 하나가 터벅거리며 걸어오더니 무명을 보고 고개를 확 돌렸다.

키에에엑!

망자가 두 손을 뻗으며 달려들었다.

무명은 무심히 망자를 쳐다보다가 손바닥을 펼쳐서 슬쩍 앞으로 밀었다. 내가권의 절정 경지에 오른 벽공장이 망자의 배 한복판에 폭발했다.

텅!

망자는 비명도 못 지른 채 붕 날아가서 반대편 벽에 부딪친 뒤 쓰러졌다.

쿠당탕탕.

하지만 잠시 후 망자가 꿈틀대며 몸을 일으켰다.

내가권으로는 망자를 죽일 수 없었다. 이미 죽은 시체가 내장이 박살 난다 한들 무슨 문제이겠는가?

마침 복도에 환도 한 자루가 떨어져 있는 게 보였다.

무명이 슬쩍 손을 뻗자 환도가 부르르 떨면서 위아래로 진동하더니 그의 손을 향해 날아왔다.

척!

무명이 허공섭물의 수법으로 환도를 낚아채며 말했다.

"어서들 와라, 쓰레기들아."

망자는 벽공장을 맞고도 죽지 않은 채 다시 몸을 일으켰다.

무명이 바닥에 떨어진 환도를 허공섭물의 수법으로 잡은 뒤 망자의 목을 베었다.

좌악!

머리와 목뼈가 닿는 지점. 혈선충의 심맥이 자리하는 곳.

목이 떨어진 망자는 사지를 한 번 떤 다음 바닥에 쓰러지더니 이번에는 다시 일어서지 못했다.

무명은 망자의 사체를 무감정하게 쳐다보다가 육안룡을 흑건 속으로 집어넣어 빛줄기를 없앴다. 이어서 창문 밖으로 몸을 날렸다.

건물 밖에 나온 무명은 벽을 평지처럼 밟고 위로 달렸다.

타타타탓.

육룡채는 주위 건물들보다 몇 층 이상 더 높다. 한정된 공간에 계속해서 건물을 위로 증축했기 때문이다.

순식간에 건물 꼭대기에 도달한 무명은 몸을 빙글 돌리며 지붕에 올라갔다.

그리고 어두운 밤하늘을 향해 말했다.

"쓰레기들이 납시셨군."

우우우웅.

혼잣말을 하듯이 나직하게 꺼낸 말인데 주위 건물의 기왓장이 부르르 진동했다.

그러자 멀리 있는 지붕에서 그림자 하나가 스윽 나타났다.

무명이 그림자를 향해 고개를 돌리며 안광을 돋웠다. 육안룡은 천 속으로 집어넣었으나 내력을 돋우자 그의 시력은 어둠을 뚫고 그림자의 이목구비를 확인할 수 있었다.

풍상을 겪은 노련한 눈매와 꽉 다문 입술.

청성이었다.

무명은 시선을 돌려 좌우를 살폈다.

어두컴컴한 지붕 위에 은신해 있는 금위군의 모습이 속속 시야에 들어왔다. 이미 사방팔방을 포위하고 강궁을 겨누고 있으리라.

"오랜만이오."

무명이 청성에게 말했다.

"금위군 총대장이 직접 이끄는 정예조가 나를 미행했다? 그것 참 영광이군."

"우리가 뒤를 쫓은 것을 알고 있었나?"

"물론이오. 사냥개들이 시끄럽게 짖으며 따라오는데 모를 리가 있나?"

"……."

무명은 황궁을 떠날 때 금위군이 뒤를 쫓는 기척을 이미 느끼고 있었던 것이다.

청성은 잠시 입을 다문 채 침음했다.

그가 척후 임무를 맡긴 금위군들은 무공이 뛰어나서 쉽게 발소리를 들킬 자들이 아니었다.

그런데 무명이 낌새를 눈치채고 있었다?

청성은 그의 내공 수위를 만만히 볼 수 없다고 직감했다.

청성이 침묵을 지키자 무명이 입을 열었다.

"다음부터는 사냥개들에게 입마개를 채우시든가."

"사냥개? 황상의 금위군을 함부로 일컫는 것은 대역죄에 해당한다."

"대역죄? 있는 그대로 말했을 뿐인데?"

무명이 어깨를 으쓱해 보이며 말을 이었다.

"황궁 내원에 화산파를 끌어들여서 죽게 했으니 같은 명문 정파인으로 최소한의 도리도 지키지 않았지."

"뭐라고?"

청성의 목소리에 분노가 섞여 있었다.

하지만 무명은 아랑곳하지 않고 말을 계속했다.

"또한 내 뒤를 밟아 미행한 것은 황제에게 충성을 바치기보다 망자비서를 가장 먼저 손에 얻고 싶어서 아닌가?"

"……."

"겉과 속이 다른 쓰레기가 기르는 개들더러 개라고 말한 게 무엇이 잘못인지 모르겠군."

"네놈… 못 본 사이에 많이 달라졌군."

"당신이 보는 눈이 없는 거겠지."

무명의 날카로운 말에 청성은 재차 침음하다가 말했다.

"망자비서를 내놓으면 목숨은 살려주겠다."

"사냥개가 배를 굶주려서 본색을 드러내는군."

무명이 싸늘하게 냉소하면서 손을 들어 자신의 가슴을 두드렸다.

"망자비서는 여기 있으니 갖고 가라. 아, 다른 개들한테 가슴팍은 쏘지 말라고 해라. 강궁이 귀중한 비서를 찢어발기면 곤란하지 않겠냐?"

"……!"

금위군 정예 따윈 신경 쓰지 않는다는 투의 도발.

순간 무명의 귀에 수백 명의 금위군이 팽팽히 당긴 강궁 시위를 놓는 소리가 들렸다.

동시에 어두운 밤하늘에서 수백 개의 화살 비가 쏟아졌다.

후두두두둑!

강궁 세례가 건물 지붕을 고슴도치 꼴로 만들었다.

다음 순간 금위군이 쏜 불화살 한 발이 포물선을 그리며 밤하늘을 밝혔다.

…그러나 수백 발 강궁은 아무것도 없는 지붕을 꿰뚫었을 뿐 무명의 모습은 감쪽같이 사라져 있는 게 아닌가?

청성이 검지를 펴서 좌우를 가리키며 명령을 내렸다.

그러자 눈이 밝아서 척후병으로 뽑힌 금위군들이 전후좌우로 고개를 돌리며 무명을 찾았다. 동시에 다른 금위군들은 등에 멘 통에서 화살을 뽑아 시위에 메기고 두 번째 사격을 준비했다.

청성이 이끄는 금위군 정예조는 모두 삼백육십 명.

삼백육십 명이 청성의 손짓 한 번에 일사불란하게 움직였다.

하지만 두 번째 사격이 준비됐는데도 척후병 중 아무도 무명의 위치를 알아내지 못했다.

옆에서 부관 하나가 청성에게 물었다.

"총대장님?"

"기다려라."

금위군들은 숨소리를 죽인 채 총대장의 명령을 기다렸다.

그때 멀리 지붕 위에 그림자 하나가 소리 없이 밤하늘에서 내려왔다.

"가슴을 노리지 말라는 명령 때문에 강궁을 제대로 겨냥하지 못했군."

그가 말을 하고 나서야 금위군은 무명의 존재를 깨달았다.

공중 높이 도약했던 무명이 발소리조차 내지 않고 지붕에 착지했던 것이다.

"사람 몸에서 가장 크고 겨냥하기 좋은 곳이 가슴이지. 한데 가슴을 빼고 쏘라고 하니 화살이 빗나갈 수밖에."

무명이 냉소를 흘리며 금위군을 비웃었다.

금위군은 한 조가 여섯 명이다. 지금 무명이 내려온 지붕 위의 금위군은 삼 개 조, 모두 열여덟 명.

열여덟 명의 금위군이 잔뜩 당긴 강궁 시위를 늦췄다. 동시에 손을 허리춤으로 내려 비수를 뽑아 들었다.

좁은 공간에서 강궁을 쏘면 아군을 맞힐 위험이 있다. 또한 비수는 환도보다 빼는 시간이 짧아 접근전에 유리하다.

금위군은 무명의 등장에 조금도 당황하지 않고 행동했다.

무명이 고개를 끄덕이며 중얼거렸다.

"과연 정예병은 다르군."

그런데 금위군의 움직임은 무명의 예상을 뛰어넘었다.

다른 지붕 위에 있는 금위군들이 일제히 강궁을 발사했던 것이다.

쏴아아아아!

그때 열여덟 명이 비수를 찌르며 무명에게 덤볐다.

"하아앗!"

설령 무명을 죽인다고 해도 그들은 쏟아지는 강궁 세례에 모두 죽을 것이 뻔하리라. 하지만 열여덟 명은 자신의 목숨을 도외시한 채 무명을 포위하며 달려들었다.

황제를 지키는 금위군 정예병의 군기는 실로 대단했다.

무명의 눈빛이 얼음장처럼 차가워졌다.

"그렇게 죽고 싶다니 소원대로 해주지."

금위군 여섯 명이 사방에서 무명을 찔렀다.

쉬이익!

그런데 옆에서 파팟 하는 소리가 나더니 동료 세 명의 목이 날아가는 게 아닌가?

금위군 여섯은 그제야 눈앞에서 무명이 사라진 것을 깨달았다.

계속해서 날카로운 금속이 공기를 가르는 소리가 연이어 들렸다.

팟, 팟, 팟, 팟.

소리가 들릴 때마다 금위군이 하나둘씩 비명도 못 지른 채 피를 뿜으며 쓰러졌다.

하지만 금위군들이 눈을 돌려도 무명의 신형은 보이지 않았다.

검성(劍聲)보다 더 빠르게 움직인다고?

사람 맞나?

정신이 아득해진 금위군들은 무언가 움직이는 그림자가 보이면 마구잡이로 비수를 찌르고 그었다.

그러나 비수가 닿기도 전에 그림자는 눈앞에 들이닥쳐서 자신을 베고 사라졌다.

"……!"

죽음을 각오했지만 죽는 순간조차 깨닫지 못할 줄이야…….

그때 하늘에서 강궁 세례가 지붕 위로 쏟아졌다.

아직 무명에게 당하지 않은 금위군 몇 명이 비장한 각오로 화살 비를 쳐다봤다. 목숨은 잃지만 동귀어진의 임무는 완수한 것이다.

하지만 그것은 그들의 착각이었다.

지붕 위에 화살 비가 쏟아지는 찰나, 무명이 한쪽 팔을 비스듬히 치켜들어서 소맷자락을 휘둘렀다.

휘리리릭!

그러자 철판도 꿰뚫는 강궁이 소맷자락에 닿는 순간 힘을 잃는 것이 아닌가?

마치 우산을 빙글빙글 돌리자 빗방울이 튕겨 나가는 것처럼 화살 비는 소맷자락에 부딪쳐서 날아가거나 미끄러져서 엉뚱한 곳에 박혔다.

후두두두둑!

한차례 강궁 세례가 지붕 위를 뒤덮은 뒤, 그곳에 서 있는 자는 무명이 유일했다.

그때 무명이 다시 한번 모습을 감췄다.

청성이 검지로 세 방향의 지붕을 가리키며 명령을 내렸다.

척척척!

그러자 삼각형의 꼭짓점 위치에 해당하는 지붕에서 세 발의 불화살이 날아올랐다.

불화살이 그리는 세 개의 빛줄기가 서로 교차하자 밤하늘은 구석구석 어두운 곳 없이 밝혀졌다.

하지만 무명의 신형은 어디에도 없었다.

"총대장님, 놈을 찾을 수 없습니다."

"으음……."

그때였다.

콰창!

청성 옆의 지붕이 밑에서부터 커다란 구멍이 뚫리며 무명이 튀어나왔다.

몸으로 지붕을 뚫고 나온 무명이 공중에서 청성을 향해 떨어지며 쌍장을 뻗었다.

쉬쉭.

청성도 쌍장을 들어서 상대했다.

중원 천하에서 가장 부드러운 무공이며 내가권의 정점이라 일컬어지는 수법.

바로 무당면장이었다.

무명의 벽공장과 청성의 무당면장이 허공에서 충돌했다.

순간 청성의 쌍장이 폭풍을 만난 낙엽처럼 허공에 흩어져 버렸다.

퍼펑!

강맹하기로 이름난 소림권의 기세도 흘려 버리는 무당면장이 단순하게 찍어 누르는 무명의 벽공장을 맞아 힘 한 번 못 써본 채 파훼된 것이다.

게다가 벽공장의 기운은 여전히 남아서 청성의 몸을 바위처럼 짓눌렀다.

콰직!

청성의 두 발이 지붕을 뚫고 푹 박혔다.

"……!"

청성은 그제야 무명의 내공 수위를 깨닫고 경악했다.

하지만 때는 이미 늦어 있었다.

무명이 꼼짝 못 하는 청성을 향해 가볍게 주먹을 휘둘렀다.

빡!

굉음이 터졌다. 어깨뼈가 단박에 으스러진 것이다.

"크악……."

청성이 비명을 채 끝내기도 전에 무명이 연속으로 주먹을 내질렀다.

가슴에 한 방. 배에 한 방. 얼굴에 한 방.

그리고 다시 가슴에 한 방.

빡·빡·빡·빡!

"끄어어억!"

"이런, 이런."

무명이 피식 웃으며 말했다.

"명문정파인 입에서 개나 지를 신음이 나올 줄은 미처 몰랐군."

"네놈이 감히 금위군 총대장을 공격하다니… 이러고도 무사할 줄 안다면 큰 착각……."

"뭔 개소리야?"

퍽! 무명이 청성의 입을 후려갈기자 생니 서너 개가 후두둑 튀어나왔다.

"네놈이 나를 먼저 죽이려고 했던 건 까맣게 잊었냐? 그것도 한두 번이 아닐 텐데?"

"크윽… 끄으윽……."

"시끄럽군."

무명이 손바닥을 꼿꼿이 세워서 손날을 만들었다.

그때 사방에서 금위군이 환도를 휘두르며 달려들었다.

"하아아압!"

금위군들은 동귀어진의 각오로 몸을 내던졌다.

그것은 단지 금위군 총대장을 구하기 위해서가 아니었다. 이제 무명이 엄청난 고수라는 것을 모두 깨닫고 있었다.

그렇다면 남은 것은 목숨을 던져서라도 적을 죽이는 것뿐.

수십 명의 금위군이 흉흉한 기세로 달려들 때.

무명은 피식 냉소를 흘렸다.

"불나방들이 스스로 불속에 뛰어들어 죽는다더니."

부웅부웅부웅!

수십 개의 환도가 난도질하는 찰나, 무명은 몸을 굽히며 자리에 주저앉았다. 동시에 한쪽 발을 길게 뻗어서 금위군의 발을 걷어찼다.

빗자루로 바닥을 쓸듯이 발을 써서 상대를 걸어 넘기는 전소퇴의 수법.

탁! 발을 걷어차인 금위군의 몸이 공중에 붕 떴다.

무명은 거기서 그치지 않고 한 바퀴를 빙그르 회전하며 사방에 있는 금위군들의 발을 연속으로 걸어 넘겼다.

타타타탁!

금위군들이 공중제비를 넘는 것처럼 일제히 허공에 몸을 날렸다.

물론 직접 뛴 게 아니라 걷어차여서 떠오른 것이지만.

부우웅!

공중에 떠오른 금위군들은 허우적거리며 그대로 지붕 위에 추락했다. 금위군 십여 명이 무명의 각법 단 일초에 격퇴당한 것이다.

그런데 무명이 눈썹을 찡그리며 중얼거렸다.

"알고 보니 호랑이가 아니라 쥐새끼였군."

금위군이 동귀어진의 각오로 달려들었을 때, 척후병 둘이 청성의 양팔을 부축하며 도망쳤던 것이다.

척후병은 눈이 밝고 발이 빠른 자들로 뽑는다.

타타타탓!

두 척후병은 부상당한 청성을 안고 이미 멀리 달아나는 중이었다.

무명은 단 한 걸음에 그들을 따라잡을 수 있었다.

하지만 뒤를 쫓지 않았다.

"화산, 무당, 다음은 소림 차례인가?"

그가 얼음처럼 싸늘한 미소를 지으며 고개를 돌려서 지붕 아래를 봤다.

그곳에는 지하 도시를 탈출해서 막 육룡채에 도착한 정영이 놀란 눈으로 무명을 올려다보고 있었다.

산전수전을 모두 겪은 무당파 고수 청성.

그러나 무명은 청성을 어린애 손목 비틀듯이 무참히 꺾어 버렸다.

또한 삼백육십 명의 정예 금위군도 무명을 상대해서 단 한 발의 강궁도 맞추지 못했다.

역력한 힘의 차이.

청성은 부하들의 부축을 받아 피신하면서 생각했다.

얼마 전까지 무공을 모르던 세작 무명.

그런데 백 년에 한 번 강호에 나올까 말까 한 절정 고수가 되어서 나타났다?

그게 뜻하는 것은 하나.

'사파의 마두가 등장했군.'

청성은 과거 구륜사 결전 때 무림맹의 일원으로 참가했었다. 구륜사의 고수들은 숫자는 적었으나 신기에 가까운 무공으로 중원 무림인을 살해했다.

그런데 지금 눈앞의 무명이 그때 구륜사 고수보다 훨씬 강하지 않은가?

때문에 청성은 수신호로 자신을 호위하여 피신시킬 것을 명령한 것이었다.

금위군들이 동귀어진의 각오로 무명에게 달려들 때, 경신법이 출중한 척후병 둘이 청성의 양팔을 붙잡고 지붕에 박힌 발을 빼냈다. 그리고 뒤도 돌아보지 않고 총대장을 부축하며 지붕 위를 떠났다.

총대장이 후퇴하자 금위군들도 무명에게 환도와 강궁을 겨눈 채 뒷걸음질 쳤다. 그리고 뒷열부터 일사불란하게 물러나며 다른 지붕으로 건너갔다.

그때 지붕 아래에서 새 인물들이 나타났다.

"무명!"

무명은 고개를 돌리다가 피식 냉소를 흘렸다.

"다음은 소림사 차례인 줄 알았더니."

지하 도시를 탈출한 잠행조 삼 조가 막 육룡채에 도착한 것이었다.

하지만 삼 조라고 해도 단 두 명에 불과했다.

정영과 이강.

둘이 몸을 날려 무명이 있는 지붕 위로 뛰어올랐다.

정영이 반가운 기색으로 말했다.

"무명, 무사히 탈출해서 다행이오!"

하지만 그녀의 표정은 금세 어두워졌다. 멀리 떨어진 지붕 위에 십여 명의 금위군이 강궁에 꿰인 채 뒹굴고 있는 게 아닌가?

게다가 발밑에도 환도 몇 자루가 나뒹굴고 있었다.

방금까지 사투를 벌였다는 뜻.

그녀는 거리를 달리는 중에 금위군이 일사불란하게 이동하는 것을 멀리서 목격했었다. 그때는 금위군이 육룡채의 망자들과 전투를 벌이는 것이라고 여겼다.

그런데 눈앞에 펼쳐진 광경은 예상과 전혀 다르지 않은가?

이건 마치…….

"설마 당신이 금위군과 싸운 것이오?"

"그렇소."

"대체 왜……"

정영이 놀람 반, 의아함 반의 시선을 하며 물었다.

의문이 한두 가지가 아니었다.

"왜라니? 금위군이 먼저 나를 죽이려고 드는데 목을 빼고 베어달라고 할 수는 없지 않소?"

무명의 말투가 얼음장처럼 냉랭했다.

그때였다.

"강호인들은 들어라!"

내력이 실린 목소리가 밤하늘에 쩌렁쩌렁 울려퍼졌다.

"망자비서를 내놓고 황제 폐하께 충성을 맹세하라! 그리하면 대역죄는 면해줄 것이다!"

무명은 눈썹을 찡그리며 고개를 갸웃했다.

어디선가 익히 들어본 목소리.

문득 기억이 떠올랐다. 청성과 같은 무당파 소속이며 주작호에서 금위군 별동대 일 조를 지휘했던 백운.

아직 이십 대 낭랑한 청년의 목소리는 백운이 틀림없었다.

무명의 짐작이 맞았다.

청성은 금위군을 모두 퇴각시킨 것이 아니었다.

금위군은 일사불란하게 물러나며 진영을 다시 짰다. 무명이 있는 곳과 거리를 두며 여덟 방위를 지키는 진영으로.

절정 고수를 상대하게 되자 접근전은 철저히 피하고 강궁을 쏘면서 치고 빠지는 전법을 펼치려는 것이었다.

그리고 중상을 입고 피신한 청성 대신 백운이 임시로 지휘를 맡은 것이다.

"다시 한번 말한다! 당장 투항하고 망자비서를 바쳐라! 이건 황명이다!"

그 말에 이강이 냉소를 흘렸다.

"대역죄를 면해주겠다더니 이번에는 황명이라고? 병 주고 약 주고 지들 맘대로군."

"망자비서는 위서라고 말하면 되지 않소?"

정영이 끼어들며 말했다.

"부맹주님이 망자비서가 위서일지 모른다고 하지 않았소? 금위군에게 그 말을 전하면······."

"아서라. 금위군이 그 말을 믿을까?"

"하지만······."

"네년은 자신이 착하니 남도 그런 줄 안다만, 세상 사람들은 속이 시커매서 남도 시커먼 거짓말만 하는 줄 안다, 후후후."

이강의 독설에 정영은 말문이 막혀서 입을 다물었다.

그때 이강이 양미간을 심하게 일그러뜨렸다.

"빌어먹을. 악당이 주제넘게 좋은 일을 하니 흉사가 끝없이 뒤따르는군."

그의 말이 채 끝나기도 전에 밤하늘에서 공기 가르는 소리가 지붕 위로 쇄도했다.

쐐애애애액!

진영을 모두 갖춘 금위군이 강궁을 쏜 것이었다.

무명이 냉소를 흘렸다.

"망자비서를 언급한 것은 우리를 안심시켜서 시간을 벌기 위함이었군."

"......!"

정영은 그제야 자신이 속았다는 것을 깨닫고 침을 삼켰다.

정영과 이강이 강궁을 피하려고 자세를 잡았다.

순간 둘은 움찔하며 움직임을 멈췄다. 강궁이 어느 한 방향이 아니라 사방팔방에서 날아오고 있었던 것이다.

그때 무명이 지붕에 떨어져 있는 환도 한 자루를 잡아 든 뒤 허공을 향해 휘둘렀다.

파파파팟!

그는 둥근 반원을 그리게끔 환도를 휘둘렀다. 그러자 환도의 궤적이 마치 비를 막는 우산처럼 셋이 서 있는 곳으로 쏟아지는 강궁을 막아내는 것이었다.

후두두두둑!

수십 발이 넘는 강궁이 검기가 만든 우산에 튕겨 나갔다.

지붕은 수백 발의 화살이 꽂혀서 그야말로 고슴도치 꼴로 탈바꿈했다. 하지만 세 명이 서 있는 자리는 단 한 발의 화살도 없이 깨끗했다.

금위군이 쓰는 대력강궁은 완력만으로 시위를 당길 수 없다. 때문에 금위군으로 뽑히기 위해서는 오랜 시간에 걸친 무공과 내공심법 수련이 필수였다.

명문정파의 고수들조차 두려워하는 금위군의 강궁.

그런데 무명은 환도 한 자루로 가볍게 파훼해 버린 것이다.

"……!"

정영이 깜짝 놀라서 입을 살짝 벌렸다.

이강도 두 눈이 없지만 소리만 듣고 무명의 무위를 깨달았는지 신음을 흘렸다.

무명의 귀가 금위군이 재차 시위를 당기는 소리를 들었다.

"이쪽으로."

그가 지붕에서 몸을 날려 옆 건물의 창으로 뛰어들었다.

정영과 이강도 뒤를 따라 몸을 날렸다. 그러자 두 번, 세 번 거듭해서 강궁 세례가 방금 셋이 있던 지붕에 쏟아졌다.

다행히 육룡채는 건물마다 층 높이가 다르고 복잡해서 강궁이 안까지 빗발치진 않았다.

셋은 복도 깊숙이 들어가 피신했다.

잠시 후, 강궁 연사 소리가 멈추자 정영이 물었다.

"금위군이 물러간 것이오?"

이강이 쓴웃음을 지으며 대답했다.

"그럴 리가? 증원군을 부른다면 모를까."

"증원군?"

"그래. 서생 놈 하나 당해내지 못했으니 사람을 더 불러야

하지 않겠냐?"

"……."

정영의 입을 다물게 만든 이강이 이번에는 무명의 생각을 읽었는지 고개를 돌렸다.

"네놈… 청성을 아주 박살 내놨군."

정영이 다시 한번 깜짝 놀라며 무명을 봤다.

하지만 이제 그녀도 되묻지 않았다. 무명이 강궁 세례를 막아내는 것을 직접 보았으니, 그의 무위를 더 이상 의심할 수 없었던 것이다.

정영이 안심하는 얼굴로 말을 꺼냈다.

"임윤과 편복선생은 하오문으로 갔소. 사람들을 대피시킨 뒤 바로 오겠다고 했소."

"……."

무명은 묵묵부답 말이 없었다.

그러나 정영은 눈치를 못 채고 계속해서 지금까지 있었던 일을 얘기했다.

"내원으로 나왔는데 황궁을 지키는 금위군이 없었소. 당신을 잡으려고 금위군이 모두 뒤쫓았소?"

"그렇다고도 아니라고도 할 수 있소."

"무슨 뜻이오?"

"청성은 망자비서를 빼앗으려고 나를 추격했소. 하지만 금위군이 모두 어디로 갔는지는 내가 알 바 아니오."

그 말에 정영은 잠시 침묵했다.

만련영생교의 음모를 막기 위해 필사적으로 지하 도시를 탈출한 삼 조.

그런데 막상 지상에 나오자 황궁에 수상한 일이 벌어지고 있었다. 이강이야 상관하지 않겠지만, 무림맹 소속인 정영은 심정이 복잡했다.

정영이 팔 층 전각에서 있었던 일을 말했다.

"광명좌사는 이강이 처치했소."

"사술을 쓰는 망자라서 대단한 줄 알았더니 별것 아니었다."

이강은 어깨를 으쓱하며 말했는데, 그의 뺨에 길게 검 자국이 나 있으며 옷 군데군데가 갈라진 것으로 보아 결투가 만만치 않았으리라 짐작되었다.

"망자가 된 청일은 임윤의 창을 맞고 도망쳤소."

"그놈 혼자 한 게 아니지. 점창파의 여고수를 맞아 쩔쩔매던 망자한테 임윤 놈은 결정타만 먹인 거니까, 후후후."

"그만두시오."

이강의 말에 정영은 살짝 얼굴을 붉히며 말을 이었다.

"문제는 지하 도시가 불타자 온도가 높아졌다는 것이오."

그녀가 전한 상황은 이랬다.

이 조는 다량의 폭뢰를 설치해서 지하 황궁을 불태우려고 했다. 그런데 지하 황궁은 곳곳에 횃불을 밝히는 기름 홈이

파여 있어서 불길이 생각보다 세게 타올랐던 것이다.

"온도가 높아지자 망자들이 한빙석 방을 넘어오고 있소."

불길은 기름 홈을 타고 지하 도시 전체로 퍼졌다.

지하 도시는 곳곳에 한빙석 방이 있어서 망자들이 지상으로 나오지 못하도록 막고 있었다. 하지만 온도가 높아지자 망자들이 하나둘 한빙석 방을 통과하기 시작한 것이다.

망자를 막는 결계가 깨진 셈.

호수의 빙옥환이 깨진 것도 지하 도시의 냉기가 사라지는 데 한몫했으리라.

이강이 킬킬대며 말했다.

"무림맹 놈들이 지하 황궁을 불태운다면서 망자를 도운 셈이지."

"지하 도시의 출구를 몽땅 막아버리면 그만이오!"

정영이 발끈하며 말했다.

"출구를 막아서 망자들을 불태운다는 게 맹주님의 뜻이오."

"그 전에 망자들이 나오면?"

"절대 그럴 리 없소."

"명문정파가 계획한 일이니 어련하실까, 후후후."

정영이 이강을 무시하며 무명에게 물었다.

"그런데 연화는 어디 있소?"

"헤어졌소."

"아니, 어쩌다가?"

"글쎄."

무명이 대답을 흐리자 정영은 잠깐 침음하다가 재차 물었다.

"만련영생교가 나올 출구는 찾았소?"

"아직 못 찾았소."

"그럼 이러고 있을 때가 아니오. 빨리 출구를 찾아야……."

"출구는 나 혼자 찾겠소."

무명이 말을 자르더니 환도로 둘을 가리키며 말했다.

"둘 다 이곳을 떠나시오. 지금 당장."

"무명?"

정영이 영문을 몰라서 멍하니 있을 때, 두 눈이 없는 이강이 물끄러미 쳐다보는 것처럼 무명에게 고개를 고정하며 말했다.

"서생 놈… 기억이 돌아왔군?"

"그렇소."

"네놈 과거가 그러니까… 옛 황제의 살수 조직인 이매망량의 수장이라고……?"

이강이 그답지 않게 입을 딱 벌리며 말을 멈췄다.

그러다가 곧 광소를 터뜨리기 시작했다.

"하하하하! 광명좌사란 놈을 처치하고 왔더니 놈들의 수장인 이매망량 광명상사가 기다리고 있을 줄은 꿈에도 몰랐구나, 크하하하!"

"……"

무명은 아무 말도 하지 않았다.

이강이 생각을 읽은 이상 핑계를 대는 것도, 둘러대는 것도 불가능하니까.

아니, 애초에 그럴 생각도 없었다.

"네놈이 이매망량에게 세뇌된 줄은 짐작했다만 설마 일개 세작이 아니라 수장이었다고?"

"그렇소."

"시황이란 망자 놈을 지하 도시에서 빼내기 위해 무림맹에 일부러 접근한 거냐?"

"맞소."

"만련영생교를 도와서 망자를 새 황제로 추대하겠다고? 그게 될 것 같으냐?"

"되고도 남지. 그렇게 만들 거니까."

무명과 이강이 빠르게 문답을 나눴다.

정영은 두 눈을 크게 뜬 채 둘의 대화를 듣다가 곧 떨리는 목소리로 물었다.

"그런 말도 안 되는… 그럴 리가 없소… 무명, 이 악당 놈의 말이……"

"모두 사실이오."

"……!"

이강이 킬킬대며 말했다.

"내가 악인인 건 맞는데 거짓말은 안 한다, 후후후."

척! 무명이 환도의 끝을 둘에게 겨누며 말했다.

"옛정을 생각해서 기회를 주지. 당장 떠나시오."

아무 감정도 실려 있지 않던 그의 두 눈이 이제 한 가지 일념으로 빛나고 있었다.

나를 배신한 세상에게 복수하리라.

"당장 육룡채를 떠나서 두 번 다시 돌아오지 마시오."

무명이 얼음장처럼 싸늘하게 말했다.

"옛정을 봐주는 것은 이번뿐이니까."

정영이 두 눈을 크게 뜨고 무명과 이강을 돌아봤다. 그러다가 목소리를 떨며 물었다.

"당신이 옛 황제를 지키는 신하였다고?"

그 말에 무명이 아니라 이강이 킬킬대며 대답했다.

"말은 똑바로 해야지? 신하가 아니라 살수 조직 이매망량의 수장이다. 이매망량이 대체 어떤 놈들인가 했더니 황제가 가리킨 자의 목숨을 쥐도 새도 모르게 죽이는 게 일이었군, 후후후."

"그렇소."

무명이 고개를 끄덕였다.

"나는 과거 이매망량의 수장 장량이었소."

무명이 이강의 말을 흔쾌히 인정했지만 정영은 못 믿겠다는 듯 고개를 저었다.

그러다가 넋이 빠진 목소리로 중얼거렸다.

"옛 황제가 죽은 일은 십 년이 다 되어가는 옛날 일이잖소… 그런데 왜 지금 와서……."

"왜냐고?"

이강이 재차 끼어들며 말했다.

"시황 놈이 세상을 망자 판으로 만들어서 황제가 되려고 하기 때문이지."

"……!"

"서생 놈은 만련영생교를 막으러 여기 온 게 아니다. 아니, 무림맹과 금위군이 만련영생교를 막지 못하도록 하려고 육룡채에 왔지."

"그럴 리가……."

"네년이 말려도 소용없다. 시황이 황위를 되찾으려는 계획은 십 년 가까이 진행되어 왔으니까. 서생 놈은 처음부터 망자 편이었다고! 크하하하하!"

"그럴 리가 없소……."

이강이 무명의 머릿속을 읽어서 애기해도 정영은 고개를 저으며 부인했다.

하지만 무명의 시선은 싸늘하기만 했다.

그 눈빛을 확인한 정영이 침을 꿀꺽 삼켰다. 무명의 표정이 모든 게 사실이라고 대답하고 있었기 때문이다.

"그렇소. 모두 사실이오."

무명이 종지부를 찍으며 말했다.

"잃어버렸던 기억을 악인이 대신 얘기해 주니 참으로 편하군."

"무명… 과거 무슨 일이 있었는지 몰라도 망자 편에 서는 것은 안 되오!"

정영이 마지막으로 무명을 설득했다.

그러나 그는 눈빛 한 번 흔들리지 않고 말했다.

"세상이 나를 배신했으니 빚을 갚아야 하지 않겠소?"

"……"

정영은 참담한 얼굴로 침묵했다.

그때 이강이 고개를 끄덕이며 말했다.

"동감이다. 그럼 시황 놈을 찾으러 가볼까?"

"당장 떠나라고 했을 텐데?"

무명이 냉랭하게 말하자 이강이 어깨를 으쓱거리며 대답했다.

"네놈 일을 방해할 생각은 없다."

이어서 검지로 자신의 관자놀이를 두드리며 말했다.

"나는 흑랑성에서 내 눈을 빼 간 놈이 누군지 알고 싶을 뿐이다. 이매망량 수장인 네놈 머릿속에도 그놈 생각은 없군. 그러니 시황에게 묻는 방법밖에 더 있겠냐?"

"시황이 당신의 눈 시술을 명령했다면?"

"그때는 놈에게 빚을 받아내야지."

"내가 구경만 하고 있지 않을 텐데?"

"상관없다. 길고 짧은 건 대봐야 아니까."

"목숨이 아깝지 않은가 보군."

"별로. 사람은 어차피 언젠가 죽는다."

무명과 이강은 한 치도 기세를 꺾지 않고 팽팽히 맞섰다.

둘의 분위기가 흉흉하자 정영이 끼어들며 말했다.

"이강! 무림맹의 일은 잊었소?"

"무림맹?"

이강이 정영에게 스윽 고개를 돌리며 말했다.

"네년이 착한 건 알겠다만 정신 좀 차려라. 무림맹은 내 능력을 이용하려고 했을 뿐이야."

"그럼 왜 지금까지 무림맹 일을 도운 것이오?"

"이전에 진 빚이 있어서 갚아야 했지."

이강이 떨떠름한 얼굴로 대답했다. 하지만 금세 씨익 미소를 지었다.

"근데 지하 도시 잠행을 도왔으니 이제 빚이 없는 셈이지, 후후후."

"……"

정영은 충격받은 얼굴로 말을 잇지 못했다.

그때였다.

쉬쉬쉬쉭!

무언가가 세차게 공기를 가르는 소리가 들렸다.

금위군이 어느새 포위망을 좁혀온 것일까? 무명과 이강은 서로 반대편으로 몸을 날리며 공세를 피했다.

다음 순간 복도 옆의 창문 밖에서 둘이 있던 곳으로 수십여 개의 암기가 빗발쳤다.

파파파곽!

그런데 바닥에 박힌 것은 금위군의 강궁이 아니라 양옆에 날개를 달아 먼 거리까지 투척할 수 있도록 만든 호접표(蝴蝶鏢)였다.

"호접표?"

무명은 눈썹을 찡그리며 중얼거렸다.

금위군이 호접표를 쓴다는 말은 금시초문이었다. 오랜 시간 대력강궁을 수련했는데 굳이 강호인의 암기 따위를 쓸 까닭이 없지 않은가?

그렇다면 호접표를 날린 자들은 누구라는 말인가?

무명은 고개를 갸웃거렸지만 즉시 해답을 찾았다.

육룡채에 와서 만련영생교를 저지할 자들. 게다가 십여 명이 넘는 다수가 호접표를 쓴다.

그들의 정체는 바로…….

"제갈성이 부리는 무사들이군."

그랬다. 제갈성과 함께 지하 도시 밖에서 진영을 짠 채 잠행조를 도울 준비를 하고 있을 무사들. 말하자면 잠행조사 조.

사 조 무사들이 무명을 잡기 위해 급습한 것이었다.

그럼 사 조는 어떻게 무명의 정체를 알았을까?

"…과연 그런 것이었군."

무명은 무슨 생각을 떠올렸는지 무감정하게 고개를 끄덕였다.

그때 무명과 반대편으로 몸을 날린 이강이 복도 건너편의 어둠 속으로 들어가며 말했다.

"제갈성 놈이 왔군. 나는 더 이상 무림맹과 관련 없으니 이만 가겠다."

그의 목소리가 점점 잦아들었다.

"각자 알아서 살아남자고, 후후후……."

무명은 이강의 속셈이 빤히 들여다보였다.

그는 무명의 머릿속에서 육룡채의 지하실과 사방이 막힌 곳, 이를 테면 수복화원의 우물 같은 곳에 지하 도시의 출구가 있을 거라는 예측을 읽었으리라.

그런 참에 제갈성의 무사들이 급습했으니 기회를 틈타 무명보다 먼저 시황을 찾으려는 것이었다.

무명이 냉소를 흘렸다.

"당신 뜻대로 되도록 놔둘 수야 없지."

그는 이강을 뒤쫓으려고 몸을 돌렸다.

그때 복도 옆의 창문에서 청의를 걸친 무사들이 복도로 날아들어 왔다.

모두 십여 명이 넘는 무사들.

계속해서 무명의 뒤쪽에서 다시 십여 명의 무사들이 들어
왔다. 꼼짝없이 앞뒤로 포위된 것이다.

무사들이 전후에서 동시에 호접표를 날렸다.

앞뒤로 무명을 포위했기 때문에 자칫하면 반대편의 아군에
게 맞을 수 있는 상황.

하지만 그들은 손속에 조금도 사정을 두지 않았다.

피피피핑!

수십 개의 호접표가 몸에 박히려는 찰나, 무명은 꼼짝도 하
지 않은 채 피식 냉소를 흘렸다.

"제갈성이 가르친 게 고작 호접표냐?"

부우우웅.

무명이 환도를 전후좌우로 기이하게 휘둘렀다.

그러자 날아오던 호접표들이 하나도 빠짐없이 환도에 맞아
튕겨 나갔다.

째애애앵!

이차 암기 투척이 실패로 끝나자 무사들이 허리춤에서 유
엽도(柳葉刀)를 뽑았다. 그리고 전후에서 무명을 포위하며 달
려들었다.

타타타탓!

고함 한 번 지르지 않고 소리 없이 돌격하는 무사들.

그러나 무명은 심드렁하게 중얼거렸다.

"당신들도 제갈성의 명을 받은 것뿐이니 한 번 사정을 봐주지."

마침 복도 옆에 기다란 밧줄이 덩그러니 놓여 있었다.

무명이 환도를 거꾸로 들어 바닥에 꽂았다. 푹. 환도가 두부를 가르는 것처럼 깊이 박혔다.

무사들이 유엽도를 찌르며 달려드는 찰나, 무명이 밧줄을 잡고 손목을 슬쩍 비틀었다.

순간 밧줄이 뱀처럼 꿈틀거리며 날아가 무사 한 명의 발목에 감겼다.

차라락!

이어서 무명이 손목을 위아래로 가볍게 튕기자 밧줄이 용틀임을 하며 무사를 공중에 떠올렸다.

부웅!

무사가 사지를 허우적거리며 날아갔다. 그 바람에 복도 한쪽에서 달려오던 무사들은 돌격을 멈춘 채 동료를 피해야 했다.

계속해서 무명이 팔을 앞으로 뻗었다.

그러자 뱀처럼 꿈틀대던 밧줄이 이번에는 대나무처럼 일자로 서는 것이었다.

팟!

무사들의 무공 수위는 이류에 불과하나 적어도 고수를 알아보는 눈은 있었다. 특히 제갈성은 고수를 상대할 때 다수로 싸우는 법을 중점적으로 무사들에게 훈련시켰다.

때문에 무사들은 한눈에 위험하다는 것을 느꼈다.

"……!"

끝을 꼿꼿이 세운 밧줄이 날아오자 무사들이 좌우로 몸을 날리며 피했다.

밧줄이 복도 바닥을 찌르며 박혔다.

퍽!

밧줄을 창처럼 꼿꼿이 세우는 것도 놀라운데 바닥을 종잇장처럼 꿰뚫다니? 밧줄에 실린 내공 수위가 상상할 수 없다는 뜻이 아닌가?

그런데 무명의 다음 수법은 더욱 상상을 뛰어넘었다.

그가 손목을 갈지자 모양으로 흔들었다. 그러자 깊숙이 박힌 밧줄이 좌우로 꿈틀대며 빠지면서 바닥의 깨진 파편을 사방으로 뿌렸다.

파파팟!

"……!"

돌조각 파편에 직격당한 무사 몇 명이 비틀거리며 쓰러졌다.

"아무도 신음을 지르지 않다니 대단하군."

무명이 냉소하며 계속해서 밧줄을 휘둘렀다.

펑펑펑! 밧줄은 뱀처럼 똬리를 틀며 날아가 창처럼 무사들을 찔렀다. 밧줄과 충돌할 때마다 벽과 바닥이 박살 나며 파편을 뿌렸다. 무사들은 밧줄은 물론 파편까지 피하느라 정신없이 몸을 날려야 했다.

압도적인 힘의 우위.

"그만 돌아가서 제갈성에게 임무에 실패했다고 보고하시오."

무명이 냉소하며 말했다.

"고수한테 당한 것이 당신들 잘못은 아니니까."

그런데 무사들의 움직임이 이상했다. 그들은 밧줄에 쩔쩔매면서도 무명을 향해 조금씩 포위망을 좁히고 있었던 것이다.

문득 뇌리에 스치는 생각이 있었다.

"팔진?"

제갈무후의 팔진은 한번 적이 들어가면 절대 빠져나오지 못하는 것으로 이름난 진법이다. 만약 제갈성이 무사들에게 고수를 팔진 함정에 빠뜨리는 훈련을 시켰다면?

아나나 다를까, 무사들은 유엽도를 겨눈 채 신속하게 보법을 밟았다.

그들이 서 있는 위치가 절묘했다. 달려들어서 무사 한 명을 죽이는 순간 여덟 방향에서 다른 무사들이 유엽도를 날리리라.

함정을 파서 맹수를 가둔 무사들.

그들은 이제 무명을 한가운데 둔 채 원을 그리며 걸음을 옮겼다. 고수가 참지 못하고 밖으로 나가려는 순간, 팔진의 위력이 발휘되어 유엽도 세례가 고수의 몸에 박힐 것이다.

그러나 무명은 피식 냉소를 흘렸다.

"팔진이 난공불락의 진법이라던데 어디 한번 시험해 볼까?"

그가 발을 슬쩍 들더니 아까 바닥에 박아놓았던 환도를 밟았다.

콰득!

환도가 바닥을 깨부수며 자루까지 깊이 박혔다.

이어서 무명이 발목을 빙글 돌리자 밀가루 반죽을 헤집는 것처럼 환도가 바닥을 박살 내며 커다란 구멍을 뚫었다.

퍼억!

"제갈성에게 안부 전하시오."

무명이 바닥에 뚫린 구멍으로 몸을 날렸다.

무사들은 신음성을 꾹 참으며 경악했다.

"......!"

주역 육십사괘의 방위를 모두 막아낼 수 있어서 절대 파훼할 수 없는 팔진.

하지만 적이 하늘로 날아가거나 땅속으로 들어간다면 무슨 수로 잡는다는 말인가?

탁.

구멍을 통해 아래층으로 내려온 무명은 가볍게 착지했다.

그때였다.

촤르르르!

복도 멀리 어둠 속에서 무언가가 날아왔다.

무명이 환도를 들어 병장기를 막았다. 그런데 병장기 끝에 달린 둥근 추가 환도에 칭칭 감기면서 잡아채는 것이 아닌가?

철커덕!

둥근 추를 단 사슬 무기, 유성추.

지금 유성추를 투척하며 무명의 앞을 가로막을 자는 단 한 사람뿐이었다.

"나는 당신 머릿속을 읽을 수 없어서 무슨 생각을 하는지 모르겠군. 목숨이 그렇게 아깝지 않은가?"

"말했잖나? 어차피 한 번 죽는 목숨. 지금 죽으나 나중에 죽으나 알 게 뭐냐?"

사슬낫을 던져서 무명의 환도를 제압한 자는 바로 이강이었다.

"그렇게 나를 막고 시황을 먼저 만나고 싶나?"

"꼭 그런 건 아냐."

이강이 어깨를 으쓱해 보이며 말했다.

"아직 못 갚은 빚이 있어서 말이야."

"빚? 당신과 나 사이에 빚은 이제 없는 것으로 알았는데?"

"우리 둘은 없지. 내가 빚을 갚아야 되는 곳은……."

이강의 대답은 무명이 전혀 예상하지 못한 것이었다.

"네놈이 아니라 소림사다."

"……!"

무명은 이상한 낌새를 느끼고 고개를 들었다.

순간 천장의 뻥 뚫린 구멍에서 두 개의 빛이 번쩍거리며 무명을 향해 날아들었다.

쉬이이익!

아래층으로 뛰어내린 무명을 기다리고 있던 것은 이강의 사슬낫이었다.

"네놈에게 감정은 없다. 하지만."

좌르르륵!

이강이 던진 사슬낫이 무명의 환도를 칭칭 감았다.

"아직 소림사에게 갚아야 할 빚이 있거든."

순간 무명이 박살 낸 천장 위의 구멍에서 두 줄기의 빛이 번쩍거리며 무명을 노렸다.

쉬쉭!

무감정하던 무명의 눈빛이 살기를 띠었다.

"사정을 봐주는 것은 한 번뿐이라고 말했을 텐데?"

그가 환도를 쥐지 않은 손을 뻗어 벽공장을 날렸다.

퍼엉!

벽공장이 구멍 위의 허공에서 폭발했다. 위에서 급습하던 무사가 벽공장을 맞았는지 아니면 피했는지는 알 수 없었다.

그때 무명이 있는 층의 복도 양쪽에서 무언가가 빠른 속도로 날아왔다.

투웅! 좌르르르!

좌우 양쪽에서 날아드는 것은 가느다란 사슬이 연결된 쇠화살 두 개였다.

이 조 당문삼독이 쓰던 지주사전. 물론 무명은 삼 조라서 지주사전을 본 적 없었다.

양쪽에서 지주사전을 발사한 자는 당호와 당백기였다.

"흥, 사천당문까지 납시셨군."

무명이 냉소를 흘리며 쇠화살을 향해 손을 뻗은 뒤 검지를 두 번 튕겼다.

퉁퉁.

그러자 쇠화살이 허공에서 벽에 부딪친 것처럼 방향이 바뀌며 튕겨 나갔다. 당호와 당백기의 급습을 파훼한 무명은 이강을 상대하려고 고개를 돌렸다.

그때 쇠화살의 끝이 갈라지면서 작살이 튀어나왔다.

파칭!

힘없이 포물선을 그리던 쇠화살이 공교롭게도 무명의 두 발목을 향해 떨어졌다. 검지를 튕긴 무명이 방심하는 찰나, 당호와 당백기가 쇠사슬을 움직여서 그의 발목을 노렸던 것이다.

작살이 새의 발톱을 오므리면서 무명의 두 발목을 낚아챘다.

콰득!

"잡았습니다!"

당호가 소리쳤다.

이강, 당호, 당백기의 합공이 무명의 한쪽 손과 양쪽 발을 묶는 데 성공한 것이었다.

하지만 득의에 찬 당호의 눈빛은 금세 차갑게 얼어붙고 말았다.

무명이 당호를 지그시 노려보며 말했다.

"당호, 당신은 아직 젊으니 좀 더 오래 살아야 되지 않겠소?"

"……!"

무명의 눈빛은 단순히 살기를 띤 것을 넘어 보는 이의 오금을 저리게 만들었다.

맹수가 안광을 번뜩이면 사냥감은 도망칠 생각도 하지 못한 채 자리에 주저앉고 만다. 지금 무명의 시선이 그랬다. 절정고수의 내력이 담긴 눈빛은 상대의 기세를 단숨에 찍어 누르고도 남았던 것이다.

당호가 목소리를 떨며 외쳤다.

"지금입니다! 얼른 손을 쓰십시오!"

무명이 냉랭하게 말했다.

"누구 마음대로?"

흐으읍. 무슨 생각을 했는지 갑자기 무명이 크게 숨을 들이마시기 시작했다.

이강이 깜짝 놀라 소리쳤다.

"모두 귀를 막아라!"

그는 사슬낫을 놓지 않은 채 한쪽 손과 어깨를 들어 올려 귀를 막았다.

그러나 작살로 적을 옭아매려면 지주사전을 두 손으로 붙잡아야 했다. 게다가 당호와 당백기가 누구인가? 망자가 코앞에 들이닥쳐도 눈 한 번 깜빡하지 않고 독을 뿌리는 시천당문의 인물 아닌가?

둘은 귀를 막기는커녕 더욱 세게 지주사전을 움켜쥐었다.

하지만 그게 오히려 독이 되었다.

무명이 들이마신 숨을 한 번에 토하며 당호 쪽으로 소리를 질렀다.

"하아아압!"

쩌러러렁!

엄청난 내력이 실린 목소리.

공기의 파동이 순간적으로 복도를 진동시키며 당호를 훑고 지나갔다. 그는 충격을 견디지 못하고 지주사전을 놓치며 쓰러졌다.

"아아악!"

당호가 두 귀에서 피를 흘린 채 바닥을 뒹굴었다.

소림사의 사자후에 필적할 만한 일갈. 당호는 다행히 고막이 다치지는 않았으나 한동안 청력을 상실하는 충격을 받은 것이었다.

당백기 또한 두 팔을 부들부들 떨며 지주사전을 놓치고 말았다. 무명이 자신 쪽으로 소리치지 않아서 청력을 잃지 않은 게 그나마 다행이었다.

무명의 한쪽 손과 양쪽 발을 묶었던 합공.

그러나 세 명의 합공은 무명의 사자후 한 번에 보기 좋게 실패로 돌아간 것이었다.

이강이 손목을 빙글 돌려서 환도를 감았던 사슬을 회수했다.

철그럭.

무명이 냉소하며 말했다.

"왜 그러시지? 이제 와서 발뺌하겠다는 건가?"

"사람은 도망칠 때를 알아야 오래 사는 법."

"동감이군."

그런데 무명이 고개를 끄덕일 때였다.

등 뒤에서 누군가가 소리를 죽인 채 접근하고 있었다.

『실명무사』 13권에 계속…

초대형 24시 만화방

신간 100%, 샤워실, 흡연실, 수면실(침대석), 커플석, 세탁기 완비

■ 광명 광명사거리역점 ■

경기도 광명시 오리로 986 광명사거리역 6번 출구 앞 5층
02) 2625-9940 (솔목타워 5층)

■ 강북 노원역점 ■

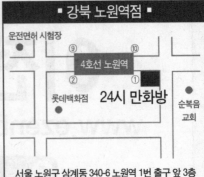

서울 노원구 상계동 340-6 노원역 1번 출구 앞 3층
02) 951-8324 (화용빌딩 3층)

■ 일산 정발산역점 ■

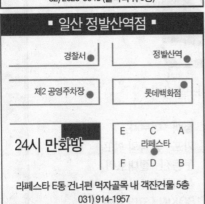

라페스타 E동 건너편 먹자골목 내 객잔건물 5층
031) 914-1957

■ 일산 화정역점 ■

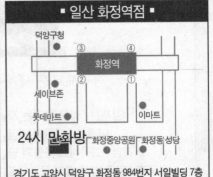

경기도 고양시 덕양구 화정동 984번지 서일빌딩 7층
031) 979-4874 (서일사우나 건물 7층)

■ 부천 역곡역점 ■

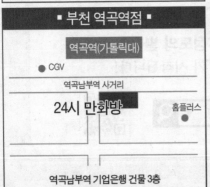

역곡남부역 기업은행 건물 3층
032) 665-5525

■ 부평역점 ■

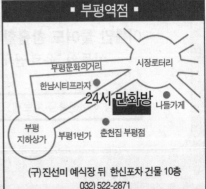

(구)진선미 예식장 뒤 한신포차 건물 10층
032) 522-2871

검선마도

조돈형 新 무협 판타지 소설

FANTASTIC ORIENTAL HEROES

매화가 춤을 추고 벽력이 뒤따른다!

분심공으로 생각과 행동을
둘로 나눌 수 있게 된 풍월.

한 손엔 화산파의 검이, 다른 한 손엔 철산도문의 도가.
그를 통해 두 개의 무공이 완벽하게 하나가 된다.

검과 도, 정도와 마도!
무결점의 합공이 시작된다.

FANTASTIC ORIENTAL HEROES

와룡봉추

임영기 新무협 판타지 소설

세상천지 원하는 것을 모두 다 이룬
천하제일인 십절무황(十絶武皇).

우화등선 중, 과거 자신의 간절한 원(願)과 이어진다.

"…내가 금년 몇 살이더냐?"
"공자께선 올해 스무 살이죠."

개망나니였던 육십사 년 전으로 돌아온
화운룡(華雲龍).

멸문으로 뒤틀린 과거의 운명이 뒤바뀐다!

Book Publishing CHUNGEORAM